Cœur traqué

Cœur traqué

Jane McFann

Traduit de l'anglais par
LOUISE BINETTE

Les éditions
Héritage inc.

Données de catalogage avant publication (Canada)

McFann, Jane

Cœur traqué

(Frissons ; 48)
Traduction de : Be Mine.
Pour les jeunes.

ISBN : 2-7625-7706-3

I. Titre. II. Collection.

PZ23.M33Co 1994   j813'.54   C94-941326-7

Be Mine
Copyright © 1994 Jane McFann
Publié par Scholastic Inc., New York

Version française
© Les éditions Héritage inc. 1995
Tous droits réservés

Dépôts légaux : 1er trimestre 1995
Bibliothèque nationale du Québec
Bibliothèque nationale du Canada

ISBN : 2-7625-7706-3   Imprimé au Canada

LES ÉDITIONS HÉRITAGE INC.
300, rue Arran, Saint-Lambert (Québec) J4R 1K5
(514) 875-0327

FRISSONS™ est une marque de commerce des éditions Héritage inc.

*À mes parents, avec reconnaissance
pour tout ce qu'ils font pour rendre ma vie
plus heureuse et plus facile.*

*Et à Judith Cushman Lloyd,
pour des années d'amitié et de solidarité.*

AUJOURD'HUI, JE L'AI VUE POUR LA PREMIÈRE FOIS. JE L'AI DÉJÀ VUE AUPARAVANT, BIEN SÛR. SOUVENT. MAIS AUJOURD'HUI, C'ÉTAIT LA PREMIÈRE FOIS QUE JE LA VOYAIS VRAIMENT. J'AI VU SES YEUX MAGNIFIQUES, TEINTÉS DE TRISTESSE. J'AI REMARQUÉ SES LÈVRES QUI, BIENTÔT, ME SOURIRONT.

AUJOURD'HUI, JE L'AI VUE POUR LA PREMIÈRE FOIS.

ET NOS VIES NE SERONT PLUS JAMAIS LES MÊMES.

Chapitre 1

— Marius Lavigne, remets tes lunettes tout de suite!

Marius et moi étions couchés sur le dos sous un immense orme sur le terrain de l'université. Nous fixions les feuilles. Ou plutôt, *je* fixais les feuilles. Marius, lui, fixait une quelconque image floue, seule chose qui apparaissait devant ses yeux quand il enlevait ses lunettes à monture d'écaille.

— Je préfère ne pas les mettre, protesta Marius. Quand on est aussi myope que moi, tout ce qu'on distingue, ce sont des zones d'ombre et de lumière. J'ai le sentiment d'être un peintre impressionniste qui n'a pas à suivre de cours d'arts.

— Marius, je commence à me sentir offensée.

— Qu'est-ce qu'il y a, Camille?

— J'ai l'impression que tu refuses de porter tes lunettes parce que tu ne veux pas me voir telle que je suis.

— Approche-toi, dit Marius. Je peux très bien te voir.

— Combien de doigts vois-tu? demandai-je sur un ton soupçonneux en levant la main.

— Quatorze, répondit Marius rapidement.

— Tu n'y vois rien du tout, dis-je.

— Viens plus près, dit Marius en tendant la main pour me toucher.

Il m'attira contre lui, puis pencha son visage vers le mien jusqu'à ce que nos cils s'effleurent.

— Là, dit-il en louchant délibérément ou accidentellement. Je te vois parfaitement.

— Tu es impossible, dis-je.

— Je sais, approuva Marius. C'est ce qui me rend adorable.

— Exaspérant, impossible et...

J'étais à court de qualificatifs.

— Adorable, ajouta Marius à ma place.

Il m'embrassa.

— Marius, dis-je enfin, bien que son baiser fût des plus agréables. Monsieur Pigeon nous attend.

En grognant, il chercha ses lunettes à tâtons et les remit.

— Oh! c'est toi, Camille!

— Je te déteste. Lève-toi.

Marius se releva en vacillant, puis tendit une main vers moi. Je la repoussai d'une tape et me levai sans son aide.

— Tu pourras toujours attendre que je t'aide à porter tes sacs d'épicerie dans la neige quand tu auras quatre-vingt-dix-sept ans, dit Marius.

On aurait pu croire que j'étais habituée à la

folie de Marius, mais il me faisait toujours rire. Nous nous sommes dirigés vers Dinosaure, une Plymouth Fury 1968, qui ressemblait plus à un char d'assaut qu'à tout autre véhicule roulant sur les routes du continent.

— Crois-tu que monsieur Pigeon reviendra à l'école cette année? demandai-je à Marius tout en courant un peu pour me maintenir à sa hauteur.

Monsieur Pigeon, notre professeur d'histoire, avait été victime d'une crise cardiaque assez grave l'hiver précédent. En fait, il en avait été pris alors que Marius, Richard, Hubert, Noémie et moi étions coincés à la polyvalente en raison d'une tempête de neige. Après plusieurs semaines passées à l'hôpital, on lui avait finalement permis de rentrer chez lui. Marius et moi étions tous deux convaincus que c'était trop tôt, mais il s'était montré tellement désagréable avec les infirmières que celles-ci avaient probablement persuadé son médecin de lui donner son congé. Une infirmière des services à domicile était allée lui rendre visite chaque jour durant quelque temps, mais il était venu à bout de sa patience. Maintenant, Marius et moi nous arrêtions chez lui tous les jours après l'école et faisions ses courses. Il effectuait de menus travaux dans la maison, cuisinait et nettoyait. Nous nous occupions du reste.

Il s'agitait, criait et se plaignait constamment, mais c'était dans sa nature. Nous savions qu'il était content de nous voir.

— Je me demande s'il reviendra à temps pour la remise des diplômes, dit Marius.

Monsieur Pigeon avait prévu de prendre sa retraite au mois de juin suivant, au moment où Marius et moi terminerions nos études secondaires.

— J'espère que oui, mais j'ai peur que ce soit trop pour lui, fis-je remarquer.

— Tu t'inquiètes trop, dit Marius. Tu connais monsieur Pigeon. Il est trop entêté pour mourir.

— Je me fais du souci quand même.

Heureusement, Marius savait quand il fallait être sérieux. Ma mère était décédée subitement et il comprenait que la mort n'était pas l'un de mes sujets préférés.

— Ça ira, Camille.

Nous sommes demeurés silencieux durant quelques minutes tout en roulant vers la maison de monsieur Pigeon. D'habitude, nous nous y rendions tout de suite après les cours, mais c'était une si belle journée de printemps que nous avions fait un détour pour nous arrêter au campus. Soudain, je m'inquiétai.

— Et si monsieur Pigeon pensait qu'il nous est arrivé quelque chose ? demandai-je.

— Il sait bien que tu prendras soin de moi, dit-il d'un ton pince-sans-rire. Avoue que tu en meurs d'envie.

— Marius, dis-je pour le mettre en garde.

— Oui, ma chérie ? demanda-t-il avec douceur.

Oh! non, pas encore! Je suis épuisé. J'ignore combien de temps encore je pourrai supporter d'être traité comme un simple objet sexuel.

— Arrête tes conneries, dis-je.

— Mes conneries?

— Tu n'abandonnes jamais, n'est-ce pas? demandai-je.

— Jamais, dit-il. Tiens, nous y sommes. Souris à monsieur Pigeon. Il nous regarde par la fenêtre.

Je me tournai et agitai la main. Monsieur Pigeon disparut. Quelques instants plus tard, la porte s'ouvrit.

— Non, Camille, je refuse de faire ça, ici, au vu et au su de tous. Tu n'as donc aucune pudeur? s'écria Marius.

Dieu merci, nous étions encore dans la voiture.

Je mis ma main sur sa bouche en dévisageant monsieur Pigeon dans l'embrasure de la porte. Il venait d'ouvrir la double porte. Je n'aurais pu dire, à le regarder, s'il avait entendu Marius ou non. J'espérais ardemment que non.

— Marius, tu vas me payer ça, sifflai-je en retirant prudemment ma main de sur sa bouche, prête, toutefois, à la remettre si Marius recommençait à crier.

— Je l'espère de tout cœur, dit-il en me tapotant le genou.

Chapitre 2

— Bonjour, monsieur Pigeon. Désolés d'être en retard.

Je m'étais précipitée vers la porte avant que Marius ait pu recommencer ses sottises.

— Et qu'est-ce qui a entraîné ce retard ? demanda monsieur Pigeon avec brusquerie. Des Wisigoths bloquant la circulation, peut-être ?

— En fait, je crois qu'il s'agissait de Huns, répondit Marius, qui avait finalement atteint le seuil de la porte.

— Je vois, dit monsieur Pigeon sur un ton bourru. Entrez, entrez.

Si je n'avais pas passé tant de temps avec lui récemment, j'aurais été offusquée d'un tel accueil. Je connaissais monsieur Pigeon, cependant, et je savais qu'il était comme ça. En fait, je me serais inquiétée s'il avait été aimable avec nous. Alors, j'aurais su qu'il n'allait pas bien.

— Qui vous a offert ces fleurs ? demandai-je une fois dans le salon.

Habituellement, cette pièce n'était décorée que de piles de livres posées çà et là. Aujourd'hui, pourtant, il y avait un bouquet de jonquilles dans un vase.

Monsieur Pigeon marmonna une réponse en nous tournant le dos.

— Qu'avez-vous dit ? demanda Marius.

— Elles ont été apportées ici sans que j'en aie manifesté le désir par une femme qui ne se mêle pas de ses affaires au nom, apparemment, de la charité chrétienne.

— Quelqu'un de la paroisse ? traduisis-je.

— Oui. J'ignore totalement comment elle a eu mon nom, dit monsieur Pigeon. Ces gens-là doivent rôder dans les hôpitaux, tels des vautours, à la recherche d'âmes malheureuses ayant eu recours à la médecine moderne.

— Je doute qu'elle soit venue dans ce but, déclara Marius en réprimant un sourire.

— Alors il devait s'agir d'une agente immobilière venue voir si j'en avais encore pour longtemps afin de pouvoir mettre ma maison en vente avant même que mon cadavre ait refroidi.

— Alors elle s'est drôlement trompée, fis-je remarquer rapidement. Vous ne serez pas un cadavre avant de nombreuses années encore.

— Vous en êtes certaine, mademoiselle April ? demanda monsieur Pigeon.

— Oui, monsieur, répondis-je avec conviction.

— Et quelle est la source de cette prophétie ?

— C'est vous, déclarai-je. Il y a quelques jours à peine, vous ne pouviez pas vous lever plus de quelques minutes sans devenir pâle et chancelant. Maintenant, vous vous attaquez à la première personne qui vous rend visite et vous vous montrez si entêté que l'infirmière des soins à domicile refuse de revenir.

— Cette femme est une imbécile, affirma monsieur Pigeon.

— Pourquoi? demandai-je. Parce qu'elle vous a recommandé de suivre votre diète, d'éviter le stress et de marcher?

— Comment éviter le stress quand on enseigne à une bande d'adolescents insupportables? Et pas question de faire des promenades, tel un chien dressé, au bout de la laisse d'une infirmière.

— C'est important de faire de l'exercice pour vous rétablir, intervint Marius.

Monsieur Pigeon se montrait extrêmement buté.

— Je fais de l'exercice, rétorqua monsieur Pigeon.

— Ah! oui? Et où? demanda Marius.

— Je marche dans la maison, répondit monsieur Pigeon.

— Mais vous avez besoin d'air pur, répliqua Marius. Il vous faudrait parcourir une certaine distance chaque jour, puis augmenter graduellement votre vitesse et la durée de votre promenade pour profiter des bienfaits de l'exercice.

— On croirait que vous voulez me faire enfiler

un collant et me faire danser au son de la musique, dit monsieur Pigeon avec incrédulité. De plus, je ne suis pas convaincu qu'il y ait encore de l'air pur de nos jours. La pollution l'a détruit. Est-ce que vous me recommandez de sortir et de respirer les vapeurs libérées par les millions de contenants de fixatif qu'utilisent les jeunes filles de nos jours?

Comment discuter avec un homme pareil? Je tapotai mes cheveux d'un air absent, heureuse, pour une fois, qu'ils soient en désordre et non maintenus en place par des polluants chimiques.

— Qu'est-ce que vous voulez manger pour souper? demandai-je tout à coup pour changer de sujet.

— Un bifteck strié de gras sauté dans la poêle avec des frites et du gâteau au chocolat, répondit monsieur Pigeon d'un ton irritable.

Il se montrait obstiné. Marius et moi faisions ses courses tous les vendredis et prenions soin de confronter la liste de ce qu'il voulait avec celle des aliments défendus que lui avait remise la diététiste de l'hôpital.

Je me dirigeai vers la cuisine et laissai Marius se débrouiller avec monsieur Pigeon. Je vérifiai ce qu'il restait et retournai dans le salon où Marius dissertait sur les dangers d'un taux de cholestérol trop élevé.

— Une poitrine de poulet aux fines herbes, des haricots au citron, une petite pomme de terre au four garnie de yogourt nature, ainsi que des pêches dans leur jus pour dessert, annonçai-je fermement.

— L'ennui avec vous qui voulez sauver le monde, c'est que vous rendez tout si monotone que ça ne vaut plus la peine de vivre, déclara monsieur Pigeon avec mauvaise humeur.

En le regardant avec attention, cependant, je le vis esquisser un sourire.

Je croyais sincèrement qu'il n'était pas aussi intraitable qu'il en avait l'air. Il fallait que je le croie.

Pendant que monsieur Pigeon regardait un documentaire historique à la télévision, Marius et moi sommes allés préparer le souper.

Nous nous sommes disputés à propos de la température à laquelle devait cuire le poulet et je dus littéralement lui arracher la pomme de terre des mains pour l'empêcher de la mettre dans le four à micro-ondes sans la fendre juste pour voir si elle allait exploser.

Je tombai également dans le piège de Marius qui prétendit ne pas trouver la boîte de pêches dans le garde-manger. Quand je l'y rejoignis, il m'embrassa parmi les boîtes de conserve.

Il semblait avoir un faible pour les endroits où l'on est à l'étroit. Marius Lavigne. Qui le comprendrait jamais ?

Comme il était mignon avec ses lunettes embuées, toutefois !

Tous les trois, nous avons discuté du rôle du

pétrole dans l'économie internationale tandis que monsieur Pigeon mangeait. Ensuite, Marius et moi nous sommes préparés à partir.

— Apportez ces fleurs chez vous, mademoiselle April, dit monsieur Pigeon au moment où nous sortions.

— Non, elles sont à vous, dis-je. Elles sont belles ici.

— Alors je vais les jeter, dit-il.

— Non. Je veux pouvoir les admirer de nouveau lorsque je reviendrai demain.

— Vous viendrez donc demain? nous demanda-t-il.

— Bien sûr, répondit Marius.

— Je suppose que je devrai m'y faire, dit monsieur Pigeon, qui n'en parut pas moins soulagé.

Marius et moi nous sommes dirigés vers sa voiture en silence. Ce n'est que quelques instants plus tard que je pris la parole.

— Ça me rend terriblement triste de voir que nous sommes les seules personnes sur qui il peut compter, dis-je pendant que nous roulions. Il devrait avoir une famille ou des amis, ajoutai-je.

— Nous sommes ses amis, déclara Marius.

— Oui, mais nous sommes bien jeunes. Ne devrait-il pas avoir des gens de son âge avec qui parler, des enfants ou des petits-enfants?

— Ce n'est pas tout le monde qui se retrouve

avec une famille type de 2,5 enfants, une maison en banlieue et un chien, répliqua Marius.

— C'est ça! m'écriai-je soudain.

— Quoi? demanda Marius qui cligna des yeux, l'air troublé.

— Un chien! Si nous lui en achetions un, il serait obligé de faire des promenades, expliquai-je. Il faut que nous trouvions un chien pour monsieur Pigeon.

— Mais comment savoir s'il aime les chiens? demanda Marius.

— Comment savoir s'il aime quoi que ce soit? rétorquai-je. Parfois je ne suis même pas sûre qu'il nous aime.

— Mais si, il nous aime, me rassura Marius.

— Comment le sais-tu?

— Comment ne pas nous aimer? Je suis adorable et tu es impossible.

— Marius, je ne suis pas impossible.

— Alors, pourquoi n'avons-nous pas fait l'amour sur la banquette arrière de Dinosaure?

— Marius, un chien, dis-je en essayant de revenir à notre sujet.

— Pas question de faire ça avec un chien, dit Marius, scandalisé. J'ai un sens moral, tu sais.

Je rougis. Je savais très bien que Marius s'en était aperçu, ce qui me fit rougir encore davantage.

— Ce n'est pas ce que j'ai voulu dire et tu le sais.

— Un chien, répéta Marius. Il faut que nous

réfléchissions à la question au lieu d'agir à la légère.

— Marius, nous parlons de trouver un chien pour monsieur Pigeon, pas de changer le cours de l'histoire.

— À quel genre de chien songes-tu? demanda Marius. Mais je n'ai pas dit que j'étais d'accord.

— À une mignonne petite bête, répondis-je.

— Pour monsieur Pigeon? Que dirais-tu d'un bull-terrier?

HIER, JE CROYAIS QUE SES CHEVEUX ÉTAIENT BRUNS.

AUJOURD'HUI, JE SAIS QU'ILS SONT D'UN BRUN TEINTÉ DE ROUGE, COMME LA FOURRURE D'UN RENARD QUI VIT DANS LA FORÊT PROFONDE.

HIER, JE CROYAIS QUE SES YEUX ÉTAIENT BRUNS.

AUJOURD'HUI, JE SAIS QU'ILS SONT BRUNS AVEC DU VERT AUTOUR, LE VERT D'UNE ÉMERAUDE À LA LUEUR D'UNE CHANDELLE.

HIER, JE LA CROYAIS BELLE.

AUJOURD'HUI, JE SAIS QU'ELLE INCARNE TOUTE LA BEAUTÉ DU MONDE.

DEMAIN, JE LA REGARDERAI DE NOU-
VEAU DANS LES YEUX ET JE SERAI HEU-
REUX POUR LA PREMIÈRE FOIS.

ELLE SAURA ME RENDRE HEUREUX. IL
LE FAUT.

C'EST SON DESTIN ET ELLE NE PEUT Y
ÉCHAPPER.

Chapitre 3

Marius me tint compagnie pendant que je préparais le souper pour mon père et moi. J'avais eu de nombreuses occasions d'exercer mes talents culinaires ces derniers temps, surtout depuis la mort de ma mère. Mais je ne m'en plaignais pas. C'était bon de savoir que j'arrivais à me débrouiller dans la maison, même si mon père m'aidait durant le week-end.

Néanmoins, il en avait fait moins au cours des semaines précédentes. La compagnie pour laquelle il travaillait était poursuivie pour non-respect des droits d'auteur concernant un procédé très important dans sa division et il était débordé. Il avait dû effectuer de nombreuses recherches pour démontrer, entre autres, à quel moment la compagnie avait commencé à utiliser ce procédé, ce qui était très compliqué puisqu'il n'y travaillait pas lui-même alors. Par conséquent, il faisait beaucoup d'heures supplémentaires, même durant le week-end, et il était d'humeur plutôt maussade.

Je devais admettre que cela me faisait apprécier Marius encore davantage. Il était presque toujours de bonne humeur, phénomène que je trouvais étonnant. Mieux encore, sa gaieté était sincère. Marius était doté d'un talent réel et très rare pour savoir profiter de la vie. Tout était un jeu pour lui, tout l'amusait. C'était assez renversant.

— Tu sais, Marius, nous devrions vraiment trouver un chien pour monsieur Pigeon. Tu n'es donc pas au courant de toutes ces études qui démontrent que les personnes âgées possédant un animal sont plus en santé et vivent plus longtemps que les autres?

J'ouvris la porte du réfrigérateur et en examinai le contenu. Un macaroni, peut-être? Le bœuf haché était déjà décongelé et il restait un oignon. Je posai la viande et l'oignon sur le comptoir, puis m'emparai des pâtes et de la sauce tomate dans le garde-manger. Marius était plongé dans le réfrigérateur. Il en ressortit finalement avec une pomme, que je lui laissai volontiers. Je détestais les pommes à moins qu'elles fussent fraîchement cueillies, comme en septembre.

— Camille, ces études portent sur des personnes âgées normales, pas sur monsieur Pigeon.

— Qu'a-t-il donc d'anormal? demandai-je.

— Bien, il n'est pas du genre à s'asseoir dans une chaise berçante dans la véranda pour regarder passer les voitures en grattant la tête de Fido, fit remarquer Marius en croquant dans sa pomme.

— C'est vrai. Il préfère s'amuser à torturer cinq classes d'élèves du secondaire chaque jour, admis-je.

Monsieur Pigeon était réputé pour ses interrogations-surprises, ses examens difficiles et ses critères exigeants. Malgré cela, je devais avouer qu'il était le meilleur professeur que j'avais eu.

— Alors pourquoi infliger ce martyre à un chien? demanda Marius.

— Parce qu'au fond, il a le cœur tendre, dis-je. Tu le sais. Après tout, pourquoi passerions-nous tant de temps avec lui si ce n'était pas le cas?

— De toute évidence, il s'agit de projection, répondit Marius avec beaucoup de sérieux. Ce dont tu as vraiment envie, c'est de faire l'amour avec moi, mais puisque tu es déterminée à combattre cette irrésistible attirance envers l'un des plus séduisants jeunes hommes du monde, tu tiens compagnie à un vieillard qui nous chaperonne et t'empêche de me sauter dessus.

— Tu as tout à fait raison, Marius. Veux-tu être mon héros?

— Oui, bien sûr. Devrais-je abattre des dragons? Escalader des falaises?

— Que dirais-tu de hacher cet oignon?

— D'accord, dit Marius.

Il fouilla de nouveau dans le réfrigérateur et revint avec une tranche de pain qu'il déchira en quatre.

— Marius, je t'ai demandé de hacher l'oignon,

pas de préparer de la chapelure.

— Femme de peu de foi, dit Marius en enfouissant le pain dans sa bouche et en en laissant dépasser seulement un bout.

— Tu es dégoûtant. Qu'est-ce que tu fais ? demandai-je en sortant une casserole pour faire cuire les pâtes.

— Regarde bien. C'est la plus récente découverte dans le domaine scientifique.

Marius saisit un couteau et hacha l'oignon en laissant pendre le pain de sa bouche durant tout ce temps. Il avait l'air ridicule.

— Tu n'as rien remarqué ? demanda-t-il d'une voix étouffée lorsqu'il eut presque terminé.

— Mis à part le fait que tu as l'air d'un imbécile ? demandai-je.

Il finit de hacher l'oignon et le mit dans la poêle que j'avais posée à côté de lui. Il cracha ensuite le pain, qui n'était plus qu'une masse gluante et répugnante.

— Regarde-moi dans les yeux, dit-il.

— Marius, je n'ai pas le temps de m'amuser. Je dois terminer le souper.

— C'est sérieux, Camille. Regarde-moi.

Il avait haché l'oignon, alors je le regardai. Je ne vis que deux yeux bruns familiers derrière ses lunettes.

— Pas de larmes ! clama-t-il d'un ton triomphant.

Il avait raison. Ses yeux n'étaient même pas un

peu rougis.

— J'ai lu quelque part que si l'on se met du pain dans la bouche, nos yeux ne sont pas irrités quand on hache des oignons, expliqua-t-il.

Je dus admettre que c'était assez renversant. Je lui fis plaisir en lui demandant d'ouvrir le pot de sauce. Il était content quand il avait l'occasion de me montrer à quel point il était grand et fort. Son visage devint cramoisi et les veines de ses tempes palpitèrent avant que le pot s'ouvre, mais je fis semblant de n'avoir rien remarqué.

Lorsque j'eus terminé le macaroni, mon père était déjà rentré. Heureusement, Marius et lui s'entendaient bien et il l'invita à souper avec nous.

J'étais contente qu'il reste, car mon père semblait très préoccupé, ce qui était pire encore que de le voir de mauvaise humeur. Marius et lui discutèrent du peu de scrupules de certains avocats, sujet qu'affectionnait particulièrement mon père depuis quelque temps.

Je mangeais mon macaroni et me sentais un peu exclue de la conversation lorsque le téléphone sonna. Je me levai pour aller répondre.

— Camille? Je m'excuse de te déranger, mais je cherche Marius et j'ai pensé que tu pourrais peut-être me dire où il se trouve.

— Salut, Noémie, dis-je dans un soupir.

Noémie était avec nous le soir où la tempête nous avait obligés à rester à l'école. Elle semblait gentille, mais je ne lui faisais pas totalement confiance. Surtout quand il était question de Marius.

— Il est ici, dis-je. Je vais le chercher.

— Merci, Cam, dit Noémie.

Je détestais qu'on m'appelle comme ça. Je crois qu'elle le savait.

— Marius, c'est pour toi !

— Si ce sont mes parents, dis-leur que tu me tiens en otage et que tu refuses de me laisser rentrer, chuchota-t-il en s'approchant.

— C'est Noémie.

Un immense sourire idiot apparut sur son visage.

— Oh !

Je lui lançai le récepteur et retournai dans la salle à manger. Je faillis crier des bêtises à mon père lorsqu'il se remit à parler de son travail. Comment allais-je pouvoir entendre ce que Marius disait ?

Il ne dut pas y avoir grand-chose à entendre. Marius était déjà de retour.

— C'était Noémie, annonça-t-il.

— Je sais, dis-je.

Je faillis exploser durant les quelques secondes de silence qui suivirent. J'avais cru pouvoir attendre qu'il poursuive, mais j'en fus incapable.

— Qu'est-ce qu'elle voulait ? demandai-je doucement.

— Elle ne comprend pas le devoir de physique.

Nous étions tous les trois dans la même classe.

— Pourquoi ne me l'a-t-elle pas dit? demandai-je en m'efforçant de garder mon calme.

— Je ne sais pas, répondit Marius d'un air innocent. C'était délicieux. Je dois partir maintenant. J'ai été ravi de vous voir, monsieur April.

Je suivis Marius jusqu'à la porte de la cuisine, puis dans la cour.

— Noémie claque des doigts et tu accours? demandai-je avec sarcasme.

— C'est à peu près ça, dit Marius. Merci pour le souper.

J'aurais voulu être nonchalante et indifférente. J'aurais voulu être au-dessus d'une jalousie mesquine. J'aurais voulu sourire gentiment à Marius, l'enlacer et lui dire de partir.

Je ne réussis qu'à lui tourner le dos et à rentrer dans la maison.

Ce n'était pas monsieur Pigeon qui avait besoin d'un chien.

C'était moi.

Ça me ferait un bien meilleur compagnon que ce garçon volage, insupportable et obsédé.

JE DOIS L'APPROCHER LENTEMENT, PRUDEMMENT ET CALMEMENT, COMME LE FERAIT UN CHASSEUR AVEC UNE BICHE À L'ORÉE D'UNE FORÊT.

JE DOIS DEMEURER SILENCIEUX ET PATIENT, PRÊT À M'ÉCLIPSER, TOUT EN SACHANT QUE JE NE DISPARAÎTRAI JAMAIS POUR DE BON. ELLE FAIT MAINTENANT PARTIE DE MOI ET JE NE POURRAIS PLUS LA QUITTER, PAS PLUS QUE JE NE POURRAIS CONTINUER À VIVRE SANS CŒUR.

DOUCEMENT, CALMEMENT, MAIS SANS M'ARRÊTER CEPENDANT, JE DOIS M'APPROCHER DE PLUS EN PLUS PRÈS, MAIS JAMAIS TROP POUR NE PAS L'EFFRAYER.

ASSEZ PRÈS, TOUTEFOIS, POUR QU'ELLE
S'APERÇOIVE DE MA PRÉSENCE ET SACHE
QUE JE SERAI TOUJOURS LÀ POUR ELLE.

ELLE INCARNE LA BEAUTÉ DANS MA
VIE ET JE FERAI TOUT EN MON POUVOIR
POUR LUI MONTRER MA RECONNAIS-
SANCE.

BIENTÔT, TRÈS BIENTÔT, L'ATTENTE
SERA TERMINÉE.

Chapitre 4

— Merci, dis-je à Marius lorsque je le vis le lendemain matin avant le premier cours.

— Il n'y a pas de quoi, dit-il. Mais à laquelle de mes merveilleuses qualités fais-tu allusion en ce moment?

— Ne fais pas l'innocent, Marius. Je te remercie pour le cadeau.

— Quel cadeau? demanda-t-il. Ma présence constante dans ta vie? Mes éclats de rire qui illuminent ton existence banale? Le modèle d'excellence scolaire que tu as sous les yeux quotidiennement grâce à moi? Tu parles de ces cadeaux?

— Marius, arrête. Je veux parler des cœurs sur mon casier, dis-je. C'était vraiment une charmante attention en ce lundi matin. Merci.

Je posai un rapide baiser sur sa joue.

— Je suppose que c'était ta façon de me dire que tu es désolé de t'être enfui quand Noémie a appelé.

Je me dirigeai vers ma classe.

— Les cœurs ? entendis-je Marius répéter. Désolé ?

Il était attentionné... la plupart du temps.

À la fin du premier cours, je retournai à mon casier pour y porter un livre et en prendre un autre. Marius était là. Je pensai qu'il avait voulu admirer son chef-d'œuvre. Mais, après tout, ce n'était rien de plus que trois ou quatre petits cœurs autocollants appliqués dans le coin supérieur droit de la porte de mon casier. N'empêche que, Marius n'étant pas reconnu pour ses talents artistiques, c'était en quelque sorte une percée pour lui.

— Oui, Marius, dis-je. C'est très joli. Pourrais-tu t'ôter de là que je puisse ouvrir la porte de mon casier ?

— Ce n'est pas moi qui ai fait ça, déclara-t-il.

Je le regardai et l'expression sérieuse de son visage me confirma qu'il ne plaisantait pas, cette fois.

— Non ? dis-je. Comme c'est intéressant ! Il doit y avoir quelqu'un d'autre qui me trouve merveilleuse.

Habituellement, je n'aurais pas dit une chose pareille, mais je lui en voulais encore un tantinet à propos de Noémie.

— De qui crois-tu qu'il pourrait s'agir ? demanda Marius.

J'essayai désespérément de déceler une pointe de jalousie dans sa voix, mais en vain.

— Lequel de mes admirateurs, tu veux dire ? À tout à l'heure.

Voilà. À son tour de languir.

Malheureusement, je ne peux supporter de telles situations. Au troisième cours, je n'avais plus aucune envie de le tourmenter. De plus, j'avais été incapable de terminer le dernier problème de physique et je voulais qu'il m'aide à le résoudre avant le début du cours.

Cependant, on m'avait devancée.

Noémie était assise à ma place à côté de Marius. En fait, elle avait tellement approché sa chaise qu'elle était presque assise sur lui. Elle était pelotonnée contre lui comme si elle se trouvait en Antarctique et qu'il était le dernier tison d'un feu presque éteint.

Je me plantai à côté d'elle, furieuse.

— Oh ! Cam ! dit-elle enfin après que mon regard furieux l'eut transpercée au moins jusqu'au pancréas. Pourquoi ne vas-tu pas t'asseoir à ma place un instant ?

Elle aurait tout aussi bien pu ajouter « comme une gentille petite fille » ou me tapoter la tête. Elle se pencha plutôt vers Marius.

— Allons-y, Einstein, lui dit-elle. Attends, gloussa-t-elle. Ne le prends pas mal. Tu es beaucoup plus séduisant qu'Einstein. Quelle est la prochaine étape que tu allais me montrer ?

Je me laissai tomber si durement sur la chaise de Noémie que c'est un miracle qu'elle ne se soit pas écroulée.

Marius me rejoignit lorsque je sortis de la classe après le cours.

— Hé! Camille! tu veux ?...

— Te donner un coup de genou dans l'aine et te regarder te tordre de douleur? terminai-je pour lui. Oui, s'il te plaît.

Instinctivement, il utilisa ses livres pour se protéger.

— Tu as un problème? demanda-t-il.

— Si *j'ai* un problème? répétai-je avec brusquerie. Je crois que c'est toi qui en as un. Ou peut-être que ce n'est pas un problème. Tu as peut-être déjà fait ton choix.

— Tu n'es pas du tout dans ton assiette, dit Marius.

— Oh! je n'en sais rien! Par contre, je dirais que Noémie, elle, pense que tout va très bien.

Je n'avais pas voulu mentionner son nom, mais ça m'avait échappé.

— Camille, tu es jalouse.

— Non, je ne le suis pas, protestai-je en me disant qu'il y avait une chance sur mille qu'il me croie. J'ai horreur qu'on me dise d'aller m'asseoir ailleurs qu'à ma propre place.

— Je me demandais pourquoi tu étais assise à l'autre bout de la classe, dit Marius.

— Parce que Noémie m'y a expédiée, répondis-je.

— Quand? demanda Marius, l'air perplexe.

— Lorsque je suis arrivée quelques minutes avant le cours, dis-je.

— Je ne m'en suis même pas aperçu.

— Je sais, Einstein.

— Il aurait fallu que je me rue sur elle pour qu'elle te rende ta place, que je lui dise de ne plus jamais oser me regarder, puis que j'essuie la chaise avant que tu t'assoies dessus ? demanda-t-il.

Il me ridiculisait et ça ne me plaisait pas du tout. Néanmoins, j'avais juré de ne jamais être jalouse.

— Oublie ça, dis-je.

— Oublier quoi ? demanda Marius. De toute façon, nous devons discuter de quelque chose de beaucoup plus intéressant.

— De quoi ?

— De sexe.

— Marius !

— Bon, d'accord. De cette idée que tu as eue.

— Laquelle ?

— La bonne.

Je savais que Marius me tendait un piège et je refusai de m'y laisser prendre.

— Ah ! oui, celle-là ! De quoi veux-tu donc discuter ?

— Rejoins-moi chez toi après l'école et tu sauras tout, répondit-il.

J'aurais voulu lui demander si nous dînions ensemble, mais il disparut.

Je ne le revis pas de l'après-midi.

Lorsque je me rendis à mon casier à la fin de la journée, les trois cœurs rouges semblaient briller à la lueur des fluorescents. Je leur souris.

Après tout, j'allais rejoindre Marius.

C'est *moi* qui allais le rejoindre. Pas Noémie.

L'immense Plymouth Fury de Marius se trouvait bel et bien devant ma maison. Marius était étendu sur le capot, les bras croisés derrière la tête, les yeux fermés.

— Je ne peux pas comprendre qu'on ne soit pas encore venu te demander de poser pour une publicité de voiture, dis-je en marchant vers lui et en mettant ma main sur sa poitrine.

— Est-ce que je commence à ressembler à un dieu bronzé de la Californie ? demanda Marius.

Je l'étudiai attentivement. Il n'y avait pas la moindre trace de couleur sur son visage blanc hiver.

— Je crois que tu as besoin de cuire encore un peu, répondis-je.

— À t'entendre, on croirait que je suis de la pâte à biscuits, dit Marius sur un ton exagérément plaintif.

Super. Noémie le qualifie de génie tandis que je le compare à de la pâte à biscuits.

— Où étais-tu tout l'après-midi ? demandai-je en changeant de sujet.

— Chez le dentiste, répondit-il.

— Tu ne m'en avais pas parlé.

— Un homme a bien le droit d'avoir ses petits secrets, dit-il avec une timidité feinte.

— Bon, de quoi voulais-tu me parler ? lui demandai-je.

— J'ai beaucoup réfléchi à la question, commença Marius qui glissa plutôt gauchement sur le capot de Dinosaure. Je ne crois pas pouvoir te faire l'enfant que tu désires.

— Marius !

— Monte dans la voiture, petite coquine ! dit Marius.

— J'aime mieux ça, dis-je en ouvrant la portière.

Je me gardai bien de lui demander où nous allions. J'allumai plutôt la radio, fermai les yeux et me détendis. C'était difficile à croire. Encore quelques semaines et Marius et moi aurions terminé nos études secondaires. À la seule pensée de quitter la polyvalente, j'étais dans un état de fébrilité indescriptible.

— Réveille-toi, dit enfin Marius comme il immobilisait la voiture.

— Je ne dors pas, dis-je d'un ton sec.

Je n'avais pas voulu lui répondre durement, mais j'avais un peu peur. Je m'étais assoupie. De petits cœurs rouges dansaient dans mon esprit. Des gouttelettes de sang semblaient s'échapper de l'un d'eux et former des roses, mais tout était vague.

— Ça va ?

Marius paraissait inquiet.

Lorsque j'aperçus l'édifice devant lequel nous nous trouvions, je retrouvai mes esprits et souris.

— C'était *mon* idée, n'est-ce pas?

— Ne l'oublie surtout pas.

Marius se détourna et ouvrit la portière.

Chapitre 5

— Avant d'entrer, il faut que nous nous mettions d'accord sur certains points, déclara Marius en m'arrêtant alors que je m'apprêtais à ouvrir la porte.

— Voyons, Marius ! dis-je avec impatience.

— Nous venons en reconnaissance seulement, dit Marius. Nous ne prenons aucune, je répète, aucune décision aujourd'hui.

— Bien sûr. Comme tu veux. Allons-y.

— Camille, je suis sérieux. Nous sommes venus jeter un coup d'œil, c'est tout. Il ne faut pas se lancer tête baissée dans une telle aventure.

— Marius, cesse de te dérober. Entrons.

Marius ouvrit la porte en poussant un soupir. À la réception, une femme dans la cinquantaine dont les cheveux étaient remontés en un chignon nous sourit.

— Bienvenue à la Société protectrice des animaux, dit-elle. Puis-je vous aider ?

— Nous venons voir des chiens, dit Marius.

— Nous voulons adopter un chiot, dis-je avec un peu trop de vigueur.

La dame parut déconcertée.

— Bon, si je comprends bien, vous êtes ici soit pour voir des chiens, soit pour en adopter un.

Elle sourit timidement.

— C'est exact, dis-je gaiement.

— Avez-vous dix-huit ans? demanda-t-elle.

— Oui, répondis-je.

— Non, dit Marius en même temps que moi.

— Tu as toujours été attiré par les filles plus âgées que toi, n'est-ce pas, Marius? dis-je d'une voix mielleuse.

J'avais fêté mon anniversaire le mois précédent; Marius, lui, devrait patienter jusqu'à la fin de juin.

— Et quel est votre nom?

Elle s'adressa à moi; après tout, Marius n'était qu'un enfant.

— Nous ne voulons que regarder.

— Camille April.

La dame nous regarda d'un air stupéfait.

— Venez avec moi, dit-elle. Quel genre de chien cherchez-vous exactement?

— Un chien assez gros ayant du caractère, répondit Marius.

— Un gentil petit chiot, dis-je simultanément.

— Pourquoi n'allez-vous pas jeter un coup d'œil dans la section réservée aux chiens? Je serai à votre disposition si vous désirez que je sorte un animal de sa cage.

Tandis que nous défilions devant les cages, mon humeur se transforma immédiatement. Marius avait dû pressentir que cela arriverait, car il s'empressa de me saisir la main.

— Oh! Marius! dis-je.

— Tu ne peux pas les sauver tous, Camille, dit-il.

— Mais ils sont en cage. Regarde-les. Ils ont besoin de courir, de jouer et d'être cajolés.

— J'ai beaucoup réfléchi à ce que tu m'as dit à propos de monsieur Pigeon. Il faut qu'il sorte et qu'il fasse un peu d'exercice. Il a aussi besoin de compagnie et, comme il fait fuir tous les êtres humains à part nous, j'ai cru qu'un chien ferait l'affaire.

— Je le crois toujours, dis-je.

Je détachai difficilement mon regard d'un berger allemand et continuai à marcher.

— J'ai pensé que si nous venions voir, nous pourrions ensuite tenter de persuader monsieur Pigeon d'adopter un pauvre animal abandonné.

— Marius, tu n'as pas besoin de me convaincre.

C'est à cet instant que cela se produisit. Je plongeai mon regard dans une paire d'yeux bruns aux cils fournis et aux sourcils hérissés. Je m'assis sur le sol en béton et passai ma main dans la cage vers un chiot à l'air étrange. Son pelage hirsute était tacheté de brun, de blanc et de gris. De toute évidence, il avait du sang de terrier, mais d'une autre race aussi. Épagneul? Caniche? Je n'aurais pu le dire. Le chiot resta assis et fixa mon doigt d'un air sérieux, sans le lécher, mais sans reculer non plus.

— Oh! non! dit Marius en se penchant à côté de moi. Ça ne va pas du tout. Il est trop petit. Trop laid. Et sûrement pas assez robuste.

— Comment oses-tu dire qu'il est laid? dis-je.

Je me tournai vers la dame, qui se tenait à l'écart, et lui fis signe.

— Non, dit Marius. Nous venons *voir*, c'est tout.

— Je veux seulement le regarder de plus près, dis-je.

Marius marmonna quelque chose à voix basse.

— Oui? dit la dame.

— Puis-je voir celui-ci? demandai-je gentiment en désignant le chiot immobile.

— Il est jeune, expliqua la dame. On l'a laissé sur le seuil de la porte il y a quelques jours. Je ne crois pas qu'il soit encore tout à fait habitué. Mais il est en santé, ajouta-t-elle en ouvrant la porte de la cage.

Le chiot se leva.

— Viens, l'appelai-je doucement en lui tendant la main.

L'animal s'approcha de moi prudemment, le museau frémissant. Il renifla mon doigt, éternua alors bruyamment et faillit perdre l'équilibre. Marius s'assit à côté de moi et rit. Le chiot se tourna vers lui, puis fit quelques pas hésitants dans sa direction. Marius tendit la main ; le chien la renifla, puis mordilla l'un des doigts de Marius. Il l'avait fait sans méchanceté. Il se retourna fièrement et revint vers moi. Il posa ses pattes de devant sur ma jambe et me fixa d'un air attendrissant. Puis il jappa faiblement.

— Je ne l'ai jamais entendu émettre un son auparavant, dit la dame. Je suppose qu'il a enfin retrouvé sa voix.

— Et ses dents, ajouta Marius en se frottant le doigt.

Je laissai le chiot sentir mes mains, puis le soulevai avec précaution et le blottis contre ma poitrine. La petite bête se mit à somnoler.

— Ce n'est pas du tout ce qu'il nous faut, annonça Marius.

Il voulut s'emparer du chiot. Avant qu'il ait pu le saisir, l'animal grogna sans même ouvrir les yeux.

— Il connaît déjà ton odeur, fis-je remarquer. Bon chien ! m'exclamai-je.

— Camille, commença Marius.

— Il est parfait, dis-je en serrant le chiot encore plus fort.

— Comment le sais-tu ? demanda Marius.

— Il m'aime et il t'a mordu, expliquai-je. De toute évidence, il a un bon jugement.

— Mais nous cherchons un chien plus gros et plus âgé, protesta Marius.

— Celui-ci fera parfaitement l'affaire, dis-je. Il est juste assez fringant. Et regarde-le. Même monsieur Pigeon ne pourra résister à cette frimousse.

— Nous verrons, dit Marius. Remets-le dans sa cage et nous irons en discuter avec monsieur Pigeon.

— Non, dis-je en le regardant d'un air ahuri. Je ne le remettrai pas dans sa cage.

— Tu étais d'accord, dit Marius. Nous ne venions que regarder aujourd'hui. Il nous faut l'approbation de monsieur Pigeon avant d'aller plus loin.

— Je ne remets pas ce chiot dans sa cage, dis-je avec détermination.

— Écoute, nous parlerons à monsieur Pigeon aujourd'hui et, s'il est d'accord, nous reviendrons demain, dit Marius.

— Il n'est pas question que je laisse cette pauvre petite créature passer une nuit de plus dans cette cage, dis-je.

— Camille, sois raisonnable.

— Non, répliquai-je en me levant. Je veux ce chiot, dis-je à la dame tout en traversant la pièce.

— Il y a des formulaires à remplir, dit-elle en me regardant avant de se tourner vers Marius.

— Camille, commença Marius, réfléchissons...

— Veux-tu tenir le chiot pendant que je signe ces documents? demandai-je d'une voix ferme en lui tendant le chiot et en m'assoyant au bureau en face de la dame.

Marius saisit l'animal avec précaution. Le chiot ouvrit les yeux et fixa Marius en poussant un grognement hésitant.

— Ça ira, dis-je. Oncle Marius ne te fera pas de mal, même s'il insiste pour te laisser ici.

Le chiot grogna un peu plus fort.

Marius sortit et m'attendit dehors. Je savais qu'au fond, le chiot lui plaisait autant qu'à moi, mais il ne pouvait tout simplement pas accepter que ses règles aient été aussi rapidement et ouvertement balayées.

Sur le chemin du retour, je demandai à Marius de s'arrêter dans une animalerie, lui donnai jusqu'à mon dernier sou et l'envoyai acheter tout ce dont le chiot pourrait avoir besoin. Il en ressortit avec un sac rempli. Tandis que nous roulions vers la maison de monsieur Pigeon, j'en explorai le contenu: de la nourriture, deux bols, un collier et une laisse, quelques jouets et une couverture. Le chiot dormait paisiblement sur mes genoux.

Marius gara la voiture le long du trottoir à un pâté de maisons de chez monsieur Pigeon.

— Bon, quel est ton plan? dit-il sur un ton plein de sous-entendus.

— Qu'est-ce que tu veux dire? demandai-je.

— Comment t'y prendras-tu pour convaincre monsieur Pigeon d'adopter cette pitoyable créature?

— Roule, dis-je. Tu trouveras bien quelque chose.

— Oh! non! commença Marius.

— Je crois que le chiot veut faire ses besoins, annonçai-je.

— Pas dans ma voiture! s'écria Marius.

— Alors roule, dis-je.

En poussant une pointe de vitesse, Marius nous conduisit devant la maison de monsieur Pigeon. Je descendis et posai le chiot sur la pelouse, où il s'exécuta immédiatement.

— Je te l'avais dit, lâchai-je.

— Le spectacle va bientôt commencer, annonça Marius en désignant la porte.

Monsieur Pigeon se tenait debout, l'air mécontent de voir un chiot se soulager sur sa pelouse.

— Je serai à la maison, dit Marius. Téléphone-moi quand tu seras prête à rentrer chez toi.

Il s'apprêtait à remonter dans sa voiture.

— Je t'interdis de partir, sifflai-je.

— C'est *ton* idée. Débrouille-toi.

— Marius, tu dois m'aider, murmurai-je. Nous devons convaincre monsieur Pigeon de le garder.

— Convaincs-le, toi, dit Marius en ouvrant la portière et en s'installant derrière le volant.

— Marius Lavigne, soufflai-je désespérément en me tournant pour saluer monsieur Pigeon, qui avait ouvert la porte grillagée et paraissait sur le point de sortir.

— C'est important pour toi? demanda Marius.

— Très, répondis-je.

— À quel point? continua Marius calmement.

— Pouvons-nous négocier plus tard? demandai-je en jetant un coup d'œil vers monsieur Pigeon, qui semblait prêt à attaquer.

— C'est maintenant qu'il faut le faire, dit Marius.

— Qu'est-ce que tu veux? demandai-je en sachant très bien que je commettais une erreur, mais ne pouvant trouver aucune autre solution.

— Ah! comme j'ai attendu longtemps que tu me supplies, répondit Marius.

— Je ne parlais pas de *ça*, répliquai-je.

— Je sais, soupira Marius. Ma voiture est un peu sale.

— Je vais la laver.

— Et un peu terne.

— Je vais la cirer.

— Et...

— Marius, voilà monsieur Pigeon qui s'amène.

— D'accord, d'accord. Je vais t'aider.

Marius bondit hors de la voiture et vint se planter à côté de moi. Je m'emparai du chiot et, tous les trois, nous affrontâmes monsieur Pigeon.

Chapitre 6

— Pouvez-vous m'expliquer pourquoi cette affreuse créature a vidé sa vessie sur *ma* pelouse? vociféra monsieur Pigeon.

Le chiot dressa les oreilles et regarda monsieur Pigeon, qui se trouvait maintenant à l'extérieur sur le pas de la porte.

J'inspirai profondément.

— Sois gentil, dis-je au chiot tout bas. Bonjour, monsieur Pigeon, continuai-je d'un ton enjoué en m'efforçant d'avoir une mine confiante. Vous ne devinerez jamais où Marius et moi sommes allés.

Je me retournai pour regarder Marius, qui me suivait à contrecœur.

— Et je suppose que cette vadrouille dégoûtante a quelque chose à voir avec votre histoire? demanda monsieur Pigeon alors que j'avançais vers lui.

J'élevai le chiot afin que monsieur Pigeon puisse mieux le voir. Je levai des yeux pleins d'espoir et priai pour qu'il se laisse attendrir en croisant le regard de l'animal.

— Je déteste les chiens, déclara monsieur Pigeon.

— Voyons, monsieur Pigeon, intervint Marius, qui nous avait enfin rejoints. Ce n'est pas juste de mal juger tous les chiens en vous basant sur quelques expériences malheureuses.

— *Quelques*? rugit monsieur Pigeon en pivotant pour rentrer dans sa maison.

Je le suivis en serrant le chiot très fort, Marius sur mes talons.

— Quand j'étais jeune, le chien du voisin m'a projeté dans une mare de boue le jour où tous les élèves de troisième année se faisaient photographier. J'étais la honte de la classe et les autres ne m'ont jamais permis de l'oublier.

— Eh bien! ce n'était qu'une mauvaise expérience, dis-je avec optimisme. Vous n'avez jamais eu de chien?

— Non et je n'en ai jamais voulu, répondit monsieur Pigeon sans hésiter. Les chiens puent, aboient et se lèchent sans pudeur. En fait, je n'ai jamais eu aucun animal. Je méprise ces gens qui défendent les droits des animaux en proclamant qu'ils ne devraient jamais souffrir. Ce ne sont que des balivernes.

Je regardai Marius, qui avait écarquillé les yeux derrière ses lunettes. Non, ça ne se passait pas très bien.

— Marius et moi sommes allés à la Société protectrice des animaux, expliquai-je en me décidant enfin à plonger avant que monsieur Pigeon puisse continuer à déblatérer davantage sur l'inutilité des animaux.

— Vous savez où emmener une jeune fille pour la divertir, Marius, fit remarquer monsieur Pigeon avec sarcasme.

— Oui, je suis fier de mes idées originales et insolites. Ne me parlez pas d'endroits communs comme le centre commercial, dit Marius en souriant.

— Tandis que nous étions là, j'ai aperçu ce chiot et j'étais absolument incapable de me résigner à le laisser dans sa cage, dis-je en tenant l'animal de façon à ce que sa tête soit tournée vers monsieur Pigeon.

— Et pourquoi? demanda-t-il.

— Eh bien! après un certain temps, si les animaux ne sont pas adoptés, on doit les euthanasier et je ne pouvais pas laisser faire ça, poursuivis-je en parlant très vite.

— Alors? fit monsieur Pigeon.

Je jetai un regard désespéré vers Marius. Le moment était venu.

— Alors, j'ai pensé que vous pourriez vouloir de lui comme compagnon, chuchotai-je.

— Camille a cru que ça vous plairait d'avoir un chien, répéta Marius.

— Avez-vous perdu la raison tous les deux? demanda monsieur Pigeon en nous regardant tour à tour. Aurais-je commis une terrible erreur de jugement et dit ou fait quelque chose vous portant à croire que je souhaitais avoir un chien ?

— Non, admis-je.

— Parfait. J'ai craint durant un moment d'avoir perdu la tête. Maintenant, faites sortir cette chose d'ici.

— Nous ne pouvons pas, dit Marius.

— Excusez-moi, jeune homme, mais la dernière fois que j'ai vérifié l'acte notarié, j'étais propriétaire de cette maison et j'ai donc le droit de décider qui peut y habiter ou non.

— Je voulais simplement dire que nous ne pouvons pas le rapporter à la S.P.A. aujourd'hui. C'est fermé.

Je ne savais pas si je devais remercier Marius ou le frapper. Il avait obtenu un sursis pour le chiot, mais avait pratiquement promis de le ramener là-bas le lendemain. Je serrai le chiot très fort en caressant son pelage hirsute d'une main tremblante. Je ne pouvais envisager de retourner à la S.P.A. pour le rendre.

— Très bien. Apportez-le chez vous ce soir, alors, et débarrassez-vous-en demain.

Monsieur Pigeon était *très* sérieux.

— Ma mère est terriblement allergique aux chiens. Elle fait des crises d'urticaire et se gratte jusqu'au sang rien qu'à en voir un.

— Alors mademoiselle April devra le garder pour la nuit, dit monsieur Pigeon avec autorité.

— Je ne peux pas, lâchai-je.

— Et puis-je savoir pourquoi?

J'avais la tête vide. J'étais incapable d'inventer le moindre mensonge.

— Alors, mademoiselle April?

— Camille ne *peut* pas amener le chiot chez elle, répéta Marius en me regardant d'un air plein d'espoir.

— Pourquoi pas? demanda monsieur Pigeon sur un ton dur.

— Bien, c'est une longue histoire, commença Marius.

Je savais qu'il essayait de gagner du temps et je tentai désespérément de faire fonctionner mon cerveau de nouveau, mais en vain.

— Pourquoi ne pas m'en faire un résumé? proposa monsieur Pigeon en soupirant.

— Cela concerne la mort de sa mère.

Marius était lancé.

Je le fixai avec stupeur. Il hocha la tête dans ma direction.

— N'est-ce pas, Camille?

J'acquiesçai.

Marius attendit, mais je n'ajoutai rien.

— Sa mère possédait un chien qu'elle adorait et, depuis la mort de sa femme, le père de Camille est submergé de souvenirs douloureux chaque fois qu'il voit un chien.

Je regardai monsieur Pigeon. Je savais qu'il ne croyait pas un mot de cette histoire, mais je remarquai également qu'il hésitait à répliquer.

— Il nous faut donc le laisser ici jusqu'à demain. Puis nous irons le rendre, conclut Marius.

— À quelle heure ouvre cet endroit? demanda monsieur Pigeon en poussant un nouveau soupir.

— Probablement tôt le matin, mais nous ne pourrons pas y aller avant la fin des cours, répondit Marius d'un air sage. Après tout, nous ne pouvons manquer aucun cours.

Monsieur Pigeon voulut protester, mais Marius l'avait coincé.

— Je vous attendrai immédiatement après la fin des cours, dit monsieur Pigeon.

— Nous serons là, promit Marius.

Il retourna dans le vestibule et en revint avec le sac.

— Vous y trouverez tout ce dont il pourrait avoir besoin. Nous devons partir maintenant.

Monsieur Pigeon haussa un sourcil.

— Vous vous sauvez, c'est ça?

— Nous avons beaucoup de devoirs, monsieur, répondit Marius très sérieusement.

J'approuvai d'un signe de tête.

J'éprouvais un désir irrésistible de m'enfuir avec le chiot. Comment pouvais-je le laisser avec un homme qui, de toute évidence, le détestait? N'empêche que c'était mieux que la S.P.A. De toute façon, je ne pouvais pas l'amener chez moi. J'irais au collège à l'automne et mon père voyageait beaucoup pour son travail.

— Donne-lui le chiot, siffla Marius.

J'émergeai de ma rêverie.

— Tout de suite, dit Marius un peu plus fort.

Je ne pouvais pas m'y résoudre. Marius me prit le chiot des bras et le tendit à monsieur Pigeon. Celui-ci le saisit du bout des doigts comme si on lui avait remis un paquet de viande dégoulinant de sang.

— Il ne peut donc pas se tenir debout ?

— Bien sûr qu'il le peut, répondit Marius.

— Alors qu'il aille par terre.

Il posa le chiot sur le sol et celui-ci tomba.

— Lamentable, dit monsieur Pigeon en secouant la tête.

Je voulus me pencher pour aider le chiot, mais Marius me saisit la main.

— On se revoit demain, dit-il en m'entraînant vers la porte.

— Vous pouvez en être assurés. Et ne croyez pas un seul instant que ce stratagème clair comme de l'eau de roche fonctionnera et que je déciderai de garder ce parasite. Il retournera là-bas demain.

— Oui, monsieur Pigeon.

— Je le déteste, dis-je une fois assise dans la voiture tandis que des larmes roulaient sur mes joues. Comment peut-il ne pas aimer ce mignon petit chiot ?

— Ce n'est pas juste, dit Marius en démarrant. Tu essaies de lui imposer tes goûts et il ne l'accepte pas.

— Mais ça lui ferait du bien d'avoir un chien. De plus, cet animal mérite d'avoir un bon foyer.

Mes larmes coulaient encore davantage.

— Ça ne marchera pas à moins que ce soit monsieur Pigeon qui le veuille.

— Et tu as osé dire que nous le ramènerions à la S.P.A.

— Que voulais-tu que je dise? C'est *sa* maison et *sa* vie.

— Mais que fais-tu de la vie de ce chiot?

— Camille, nous nous inquiéterons demain à ce sujet.

— Je n'y retournerai pas demain, dis-je en prenant une grande inspiration et en essuyant mon visage.

Marius me regarda.

— Oh! si, tu y retourneras!

— Non. Monsieur Pigeon ne peut toujours pas conduire et si nous n'y retournons pas, il devra garder le chiot.

— Ce n'est pas correct et tu le sais.

— Très bien, Marius. Alors retournes-y, toi.

— Camille, j'ai bien tenté de me retenir, mais là, tu vas trop loin. C'était ton idée! Tu dois l'admettre et en subir les conséquences.

Je savais que rien de tout ça n'était la faute de Marius, mais ça ne m'aidait pas beaucoup.

— Tu n'as pas de cœur, comme monsieur Pigeon, lui criai-je. Vous n'avez aucune compassion, aucun intérêt pour autre chose que vous-mêmes. J'espère que vous êtes heureux, car moi, je ne le suis pas.

À cet instant, nous nous trouvions devant ma maison. J'ouvris la portière et descendis comme un ouragan.

J'avais cru que Marius viendrait me rejoindre, mais il partit. « Tant mieux, pensai-je. Je ne peux plus supporter sa façon de penser. » La voiture de mon père n'étant pas dans l'allée, je fouillai dans mon sac à la recherche de mes clés.

C'est alors que je les vis.

Trois petits cœurs rouges étaient collés sur la vitre de la porte de la cuisine.

J'AI LE SENTIMENT DE SAVOIR OÙ ELLE SE TROUVE MÊME QUAND JE NE LA VOIS PAS. ELLE DÉGAGE UNE ÉNERGIE QUI M'ATTIRE ET ME PERMET DE LA SENTIR.

CAMILLE.

SON NOM REFLÈTE SA BEAUTÉ TRANQUILLE, SA GÉNÉROSITÉ.

ELLE SAURA RÉPONDRE À TOUTES MES ATTENTES.

ELLE EST LA PERFECTION À LAQUELLE J'ASPIRE.

ELLE NE POURRA JAMAIS ME REFUSER CE DONT J'AI BESOIN POUR VIVRE.

Chapitre 7

À la maison, nous avions une horloge qui sonnait les heures et les demi-heures. Je les entendis toutes cette nuit-là.

D'abord, je me tracassai au sujet de Marius. De toute évidence, il s'amusait avec ces cœurs. Il était venu m'attendre chez moi et avait dû les coller sur la porte pour se distraire et, bien sûr, pour me rendre folle. Je m'en voulais de l'avoir cru quand il avait clamé son innocence à propos des cœurs sur mon casier. Pourquoi n'avait-il pas simplement admis que, dans un élan de fantaisie, il avait posé un geste plutôt gentil?

Puis ma colère reprit le dessus. Après tout, il avait probablement condamné le chiot à l'euthanasie. Pourquoi n'avait-il pas argumenté davantage avec monsieur Pigeon? Naturellement, j'omis de tenir compte du fait que j'avais été incapable de dire quoi que ce soit au moment crucial.

Puis, je passai des heures à songer à l'entêtement insensé de monsieur Pigeon. Il avait un foyer parfait à offrir à ce chiot qui, en échange, lui tiendrait compagnie. S'en apercevrait-il? Et, le cas échéant, l'admettrait-il? C'était peu probable!

Je crois que je m'endormis finalement vers trois heures trente. Je rêvai qu'une meute d'environ trente-cinq chiots pourchassaient Marius dans la maison de monsieur Pigeon; ce dernier criait que personne n'avait de respect pour l'histoire.

Je me réveillai en sursaut quand le téléphone sonna.

Je me levai et allai répondre dans le couloir.

— Allô? dis-je.

Silence.

— Allô? répétai-je, plus fort cette fois.

Silence.

C'était un silence total, sans friture ni bruits de fond, sans souffle.

Je n'étais pas dans mon assiette et il ne m'en fallait pas plus pour être furieuse et... un peu effrayée.

— Allô? criai-je. Vous allez parler ou non?

— Qui est-ce? demanda une voix endormie.

Durant un instant, je crus que c'était la personne au bout du fil, mais il s'agissait de mon père debout dans l'embrasure de la porte de sa chambre.

J'entendis un déclic, puis la tonalité.

— Il n'a pas prononcé un mot, dis-je à mon père.

— Le salaud, dit-il.

Pourtant, je le sentais soulagé.

Tout espoir de dormir était maintenant anéanti. Je songeai à faire des devoirs ou à lire, mais j'étais bien trop occupée à m'inquiéter.

Je me demandai comment s'en tirait le chiot.

Je me demandai comment s'en tirait monsieur Pigeon.

Je me demandai si Marius s'inquiétait également de son côté.

J'en doutais.

Chapitre 8

Marius arriva chez moi au moment où je titubais vers le réfrigérateur pour prendre mon cola diète, comme tous les matins.

Je ne comprenais vraiment pas comment faisaient les gens pour avaler un jus d'orange à six heures trente.

— Bonjour, s'écria Marius en frappant à la porte avec enthousiasme.

«Super, pensai-je. Je n'ai pas fermé l'œil de la nuit et monsieur Bonne humeur se montre le bout du nez.»

— Quoi? dis-je en balayant mes cheveux de mon visage.

Heureusement, nous n'en étions plus au stade où je devais toujours être impeccable devant lui.

En fait, nous n'avions jamais connu cette étape.

— Je viens te chercher pour aller déjeuner. Que dirais-tu d'œufs et de bacon regorgeant de cholestérol pour commencer la journée?

— Ça ne va pas?

Le matin, j'étais incapable de supporter la vue de tout aliment plus substantiel qu'un beignet et Marius le savait bien.

— Alors que dirais-tu d'une brioche aux cerises et d'un verre de cola diète rafraîchissant?

Voilà qui était mieux.

— Il faut que je m'habille, dis-je.

— Non, protesta Marius. Tu veux dire que tu n'es pas prête à partir pour l'école?

Je souris. J'étais vêtue d'un très grand t-shirt appartenant à mon père et m'allant aux genoux, ainsi que d'épaisses chaussettes.

«Je parie que Noémie n'a *jamais* l'air de ça. Je suis convaincue qu'elle dort sur le dos, les bras croisés sur la poitrine, et qu'elle reste immobile afin de ne pas défaire ses tresses parfaites. Elle pourrait probablement dormir avec du mascara et se réveiller sans être barbouillée. Elle pourrait...»

Qu'est-ce que j'étais en train de faire? Il n'avait même pas été question de Noémie. J'étais plutôt bizarre quand je ne dormais pas suffisamment.

— Je reviens tout de suite. Si tu veux lire, le journal est probablement quelque part dans l'allée, dis-je à Marius en me dirigeant vers la salle de bains.

Je l'entendis sortir par la porte de la cuisine et lorsqu'il rentra, la porte claqua derrière lui. Nul doute, il avait sûrement réveillé mon père. Je me lavai le visage et m'habillai rapidement.

Je pensais trouver Marius plongé dans la lecture

du journal. Je me trompais. Il paraissait franche-
ment mécontent.

Avait-il des remords à propos du chiot? me
demandai-je.

— Camille, qu'est-ce que c'est que ces cœurs
sur la porte de la cuisine?

— Marius, je ne suis pas d'humeur à faire des
blagues.

— Ce n'est pas une blague, Camille.

J'étudiai son visage attentivement et n'y perçus
aucune trace de malice.

— J'ai cru que c'était toi qui les avais collés en
m'attendant hier après l'école, dis-je.

— Non, dit Marius. Je te l'ai dit: je n'ai pas
collé ces cœurs sur ton casier et je n'ai rien à voir
non plus avec ceux-ci.

Comme c'était étrange. Je marchai vers la porte
et l'ouvris, puis fixai la constellation formée de
trois petits cœurs rouges. Ils n'avaient rien
d'extraordinaire sauf, bien sûr, qu'ils se trouvaient
sur ma porte.

Et sur mon casier.

— Ça ne me plaît pas, déclara Marius.
N'importe qui peut trouver ton casier à l'école,
mais qui sait où tu habites?

— Un admirateur secret?

— Ça m'en a tout l'air, répondit Marius.

Je lui souris.

— Allons-y, dis-je. J'ai faim.

— C'est tout? C'est tout ce que tu as à dire? demanda Marius.

— Qu'est-ce que tu veux que je fasse? demandai-je avec impatience. Je ne crois pas qu'il existe une loi interdisant de coller des petits cœurs rouges et je doute que ce soit considéré comme du vandalisme. Bon. S'ils t'agacent, je vais les enlever.

— Arrête, dit Marius en me saisissant la main.

— Quoi? Tu ne veux pas que je m'en débarrasse? Tu veux les regarder encore?

— Il y a peut-être de la drogue dessus... ou du poison, fit remarquer Marius d'un ton sérieux.

C'était bien Marius et ses théories bizarres.

Je l'entraînai dans l'allée.

— Peut-être, Marius. Mais comment le poison sera-t-il absorbé puisque les cœurs ont déjà été léchés? Réponds à ça tout en conduisant.

Marius roula dans la direction de la pâtisserie.

— Il s'agit peut-être d'une nouvelle sorte de drogue qui est absorbée par la peau au contact de la colle. Peut-être qu'elle est activée par la salive, de façon que la personne qui touche la surface léchée est celle qui en subit les effets.

— Peut-être qu'un petit enfant a reçu des cœurs autocollants en cadeau et qu'il les distribue un peu partout dans le voisinage.

— Et il s'est rendu à l'école pour les coller sur ton casier? Tu ne crois pas que c'est un peu tiré par les cheveux, Camille?

— Bon, d'accord, peut-être. Mais ton hypothèse à propos des drogues n'est pas très plausible non plus.

— Très bien, dit Marius. Alors quelle est ta théorie?

— J'ai un admirateur secret, répondis-je sans hésiter, et, honnêtement, je suis un petit peu fâchée que tu n'acceptes pas cette théorie d'emblée. Tu ne me crois donc pas capable d'attirer l'attention de quelqu'un?

Marius éluda la question très habilement.

— De qui crois-tu qu'il s'agit?

Je ne voulais pas lui donner la satisfaction de me voir me creuser la tête.

— Richard? suggérai-je en prenant le premier garçon qui m'était venu à l'esprit.

Marius rit fort et longtemps.

— Qu'est-ce qu'il y a? demandai-je. Tu ne crois pas que je pourrais plaire à Richard?

Je devais admettre que je souriais également. Lorsque la tempête nous avait fait prisonniers à l'école, Marius, monsieur Pigeon et moi — la nuit où monsieur Pigeon avait fait sa crise cardiaque —, Richard, de même que Noémie et Hubert, étaient là aussi. Richard était un garçon costaud, musclé et macho. Je l'aimais bien, un peu comme on aime un saint-bernard. Il était gros et pas très dangereux, mais cela restait à vérifier.

— Peux-tu imaginer Richard collant de petits cœurs rouges sur ton casier et sur ta porte?

demanda Marius qui éclata de rire de nouveau.

— Non, avouai-je. S'il décidait qu'une fille lui plaît, il serait plutôt du genre à la jeter sur son épaule et à dire quelque chose comme : « Hé ! chérie, si on allait faire la fête ? »

Marius approuva d'un signe de tête.

— Alors, qui d'autre ? Hubert ?

— Marius ! protestai-je.

Hubert était si timide qu'il n'avait probablement jamais abordé une fille de sa vie. Je détestais le rayer aussi rapidement de la liste de mes admirateurs secrets potentiels, mais il ne faisait tout simplement pas l'affaire.

— Alors ? demanda Marius.

— Alors parlons du chiot, dis-je.

Cette conversation me rendait nerveuse.

— Non, dit Marius.

— Pourquoi pas ?

— Ça ne sert à rien. Quoi que je dise, tu finiras par me traiter d'égoïste.

— Je ne pensais pas réellement ce que j'ai dit hier, Marius, dis-je en inspirant profondément et en sachant très bien que je lui devais des excuses. J'étais furieuse, c'est tout.

— Je sais, dit-il. Mais nous ne pouvons pas forcer monsieur Pigeon à adopter un chiot et ni toi ni moi ne pouvons garder cet animal.

— J'ai une idée ! Peut-être que nous pouvons trouver quelqu'un d'autre pour s'en occuper.

— Qui ? demanda Marius.

— Richard? suggérai-je.

— Je ne crois pas qu'une petite bête décharnée corresponde à son image.

— Il n'est pas décharné, protestai-je. Sa croissance n'est pas terminée, c'est tout.

— Hubert? proposa Marius. Ils iraient bien ensemble.

— Arrête d'insulter ce chiot, dis-je avant de m'apercevoir que c'était peu flatteur pour le pauvre Hubert. C'est une possibilité.

Puis j'eus une autre idée. Elle ne me plaisait pas du tout, mais c'était tout de même mieux que de rapporter le chiot à la S.P.A.

— Et Noémie? suggérai-je. Je suis persuadée que si *tu* lui en parlais, non seulement elle prendrait le chiot, mais elle lui achèterait également des vêtements de couturier et le laisserait dormir avec elle.

— Camille, tu ne lâches pas à propos de Noémie, n'est-ce pas? D'accord, je vais lui demander et toi, tu demandes à Hubert.

Ce n'était pas un plan génial, mais il faudrait s'en contenter.

LE TEMPS EST VENU.

JE SERAI PRUDENT.

JE NE LUI FERAI PAS PEUR.

JE NE FERAI RIEN QUI POURRAIT L'INCITER À ME PRIVER DE SA BEAUTÉ ET DE SA GRÂCE.

MAIS IL FAUT QUE JE LA VOIE.

J'AI BESOIN D'ENTENDRE LE SON DE SA VOIX DE NOUVEAU.

ELLE DOIT COMPRENDRE QU'ELLE M'APPARTIENT.

Chapitre 9

Hubert éternuait sans arrêt en présence de chiens. Il soutenait qu'ils avaient des pellicules qui entraînaient chez lui un spasme de la gorge.

De son côté, Noémie affirma que, si c'était très important pour Marius, elle demanderait au directeur du collège où elle avait été acceptée de modifier un tout petit peu le règlement afin de lui permettre d'amener le chiot avec elle l'année suivante. Elle ajouta que, si le chiot était aussi mignon que Marius, elle était certaine que ce serait le coup de foudre.

Bien sûr, c'était la version de Marius, et il avait une lueur diabolique dans les yeux quand il me la raconta. Ce n'était peut-être qu'une autre de ses stratégies pour attirer mon attention.

Comme si ce n'était pas déjà fait.

Je passai la journée à essayer de me concentrer sur mes cours, mais en vain. Je ne parvins qu'à compter à rebours les heures qui nous séparaient du moment où nous devrions nous rendre chez monsieur Pigeon pour aller chercher le chiot.

Marius avait dit qu'il me rejoindrait à mon casier à la fin de la journée. Je crois qu'il savait que, s'il m'en laissait la chance, je me sauverais à la première occasion et l'obligerais ainsi à aller chez monsieur Pigeon seul. Il n'avait pas tort.

Bien entendu, après le dernier cours, Marius était là, appuyé contre mon casier. Je ne dis rien et il s'écarta pour me laisser ouvrir la porte.

Je m'apprêtais à ranger mes livres lorsque j'aperçus quelque chose sur la tablette.

Je regardai Marius, adossé nonchalamment au casier voisin, et souris en saisissant une rose rouge. Le bout de la tige baignait dans une petite fiole d'eau hermétique. La rose était fraîche et splendide, à peine éclose.

— Marius, dis-je. Tu n'aurais pas dû.

Il me fit face et ses yeux se rivèrent sur la rose.

— Camille, elle n'est pas de moi, déclara-t-il.

Il fit un mouvement brusque pour s'emparer de la rose et me l'arracha des mains.

Une petite enveloppe pendait au bout d'un ruban noué autour de la tige, mais aucun nom de fleuriste n'y apparaissait. On pouvait toutefois lire, en lettres majuscules: CAMILLE.

— Je t'interdis de l'ouvrir, dis-je en reprenant la rose.

Je finis de ranger mes livres, fermai mon casier et me mis à marcher dans le corridor.

— Tu n'es même pas curieuse ? demanda

73

Marius qui m'avait suivie.

Curieuse ? Je mourais d'envie d'ouvrir l'enveloppe. Néanmoins, j'éprouvais le désir pervers de faire souffrir Marius.

Je ne résistai pas longtemps, cependant. J'ouvris l'enveloppe avec précaution et en retirai une petite carte. C'était la même écriture que sur l'enveloppe. Marius regardait par-dessus mon épaule pendant que je lisais :

J'AIMERAIS QU'IL EXISTE UNE FLEUR ENCORE PLUS MAGNIFIQUE, UNE QUI PUISSE MÉRITER DE SE TROUVER À TES CÔTÉS.

C'était tout. Il n'y avait pas de nom, rien. Marius m'arracha la carte de la main et regarda au verso, mais il n'y avait rien d'écrit.

— Tu reconnais cette écriture ? demanda-t-il.

— Non. Celle de Richard, peut-être ? suggérai-je pour détendre l'atmosphère.

— Sois sérieuse.

— Honnêtement, je ne sais pas de qui il s'agit. Ne t'inquiète pas pour ça.

— Ne pas m'inquiéter ? Quelqu'un croit que tu es plus jolie qu'une rose.

— Et tu n'es pas de cet avis ?

— Et connaît la combinaison de ton cadenas, ajouta Marius rapidement. Je suis donc exclu.

Je n'avais pas songé à ça. Même Marius ne connaissait pas la combinaison de mon cadenas.

— Peut-être qu'une des secrétaires l'a donnée à quelqu'un, dis-je d'un air vague. Je me renseignerai demain.

— Bonne idée, dit Marius.

Je devais admettre que tout ça m'amusait. Avant Marius, aucun garçon ne s'était jamais vraiment intéressé à moi. Après tout, c'était moi qui l'avais voulu ainsi. La carrière militaire de mon père avait fait de moi une experte des changements d'école — nous avions déménagé dix-sept fois en tout — et j'avais appris très tôt à ne pas m'attacher à des gens que je devrais probablement quitter quelques mois plus tard. Par contre, depuis que mon père ne travaillait plus dans l'armée, tout cela avait changé.

C'était flatteur et agréable de penser qu'un garçon m'admirait de loin. Et si cela rendait Marius un tantinet jaloux, tant mieux.

Ce n'est qu'une fois arrivée chez monsieur Pigeon que je recommençai à m'en faire pour le sort du chiot. La rose avait donc servi à quelque chose.

— Reste calme, dit Marius. Nous avons fait de notre mieux.

— Je sais, dis-je, mais je pouvais déjà sentir les larmes me piquer les yeux.

Nous avons marché jusqu'à la porte. Monsieur Pigeon ne se trouvait pas dans le vestibule comme d'habitude, mais la porte était ouverte. Nous avons frappé avant d'entrer.

Quelle surprise !

Il y avait une femme dans le salon.

Et cette femme tenait le chiot dans ses bras.

— Bonjour, monsieur Pigeon, avons-nous dit en chœur.

— Il était temps, dit monsieur Pigeon sur un ton cassant.

Nous avons attendu qu'il nous présente son invitée, mais en vain. La dame semblait âgée d'environ soixante-cinq ans et avait les cheveux gris et courts et des yeux bleus brillants. Elle arborait un large sourire tout en parlant au chiot.

— N'es-tu pas le plus beau toutou du monde ? roucoula-t-elle. N'es-tu pas le plus mignon des toutous ayant vu le jour sur cette terre ?

Monsieur Pigeon se mit à arpenter la pièce. Durant un instant, je m'inquiétai des effets de son impatience sur son cœur. Marius regardait autour de lui, l'air troublé.

— J'ai amené la bête en promenade pour lui permettre de faire ses besoins, commença monsieur Pigeon.

— Et il ne savait pas du tout comment s'y prendre, interrompit la dame. Le pauvre chéri était sur le point de s'étrangler, poursuivit-elle. Auguste tirait sur la laisse comme s'il promenait un rhinocéros ou un animal sauvage au lieu de ce mignon petit toutou.

Auguste ?

— Le mignon petit toutou était couché au beau

milieu de la rue et refusait d'avancer, lâcha finalement monsieur Pigeon avec sarcasme.

— Et Auguste lui criait après, comme si cela allait aider! continua la femme. «Lève-toi et marche, espèce de vadrouille incorrigible», rugit-elle en imitant monsieur Pigeon de façon remarquable.

Marius et moi avons échangé un regard et réprimé une envie de rire.

— Qu'est-ce que j'étais censé faire? Laisser la voiture qui venait dans notre direction nous passer sur le corps? demanda monsieur Pigeon.

— Alors il a traîné ce pauvre bébé, ajouta la dame, outrée.

— Il était parfaitement capable de marcher, dit monsieur Pigeon.

— Pas après que vous l'avez terrorisé. Alors je me suis emparée du chiot et suis venue jusqu'ici afin de donner quelques leçons à cet homme concernant la façon de s'y prendre avec un chien.

Donner des leçons à monsieur Pigeon? J'aurais voulu voir ça.

— C'est tout à fait inutile, rétorqua monsieur Pigeon. Ces jeunes gens sont venus chercher l'animal pour le ramener à la S.P.A., d'où il n'aurait jamais dû sortir, d'ailleurs.

— Non! s'écria la dame. Vous ne *pouvez pas* faire ça. Je ne vous laisserai pas faire.

— Et puis-je vous demander qui vous êtes pour me dire ce que je peux ou ne peux pas faire? hurla monsieur Pigeon.

À la place de cette femme, j'aurais tremblé de peur. Elle, pourtant, ne semblait pas impressionnée le moins du monde.

— Je m'appelle Anna, dit-elle calmement. Anna Fleury. Je vous l'ai déjà dit. Vous avez donc oublié?

Elle sourit à monsieur Pigeon.

— Je m'appelle Marius. Ravi de faire votre connaissance.

Marius tendit la main et Anna la serra.

— Camille April, dis-je.

Sa main était chaude et sa poignée de main, ferme.

— Enchantée de vous rencontrer, dit-elle. Auguste ne m'avait pas dit qu'il avait des petits-enfants.

— Ce sont deux de mes anciens élèves, s'empressa de corriger monsieur Pigeon.

— Nous sommes ses amis, déclarai-je en refusant d'être ainsi reléguée au simple statut d'ancienne élève.

— Je suis sûre que ça ne doit pas être toujours facile, fit remarquer Anna en riant.

Cette fois, Marius ne put se retenir de rire. Il fit mine de tousser, mais sans grand succès. Monsieur Pigeon paraissait sur le point d'exploser.

— À quelle heure vous levez-vous le matin? demanda Anna à monsieur Pigeon.

— Je ne vois pas en quoi cela vous regarde, répondit-il d'un ton tranchant.

— Répondez simplement à ma question, dit Anna.

— Vers sept heures, répondit monsieur Pigeon, à ma grande surprise.

— Nous irons promener le chien à huit heures. Soyez ponctuel, ordonna Anna.

— Il n'y aura plus aucun animal à promener ici, riposta monsieur Pigeon dont le visage était cramoisi.

— Bien sûr qu'il y en aura un, protesta Anna.

Le chiot leva la tête et regarda autour de lui d'un air endormi. Je me dirigeai vers lui et le flattai entre les oreilles. Il s'étira de contentement sur les genoux d'Anna.

— Nous devons partir, annonça Marius en se penchant pour caresser le chiot. Tu n'as pas oublié?

— Oh! oui, nous avons une réunion! Comment aurais-je pu oublier? À bientôt, monsieur Pigeon.

Nous avions presque atteint la porte quand monsieur Pigeon nous interpella.

— Vous n'irez nulle part, dit-il d'une voix grave et tonitruante. Vous allez me débarrasser de cette bête et tout de suite.

— Oh! tais-toi, Auguste! Laisse ces enfants tranquilles, dit Anna tandis que nous filions en coup de vent.

— Cette femme a dit à monsieur Pigeon de se taire, fit remarquer Marius, étonné.

— Crois-tu qu'elle est toujours vivante ? demandai-je comme nous démarrions.

— Tu veux y retourner pour vérifier ? demanda Marius.

— Pas question. Il faut que nous allions à la réunion, tu te rappelles ?

— Au moins, tu m'as aidé à mentir, cette fois.

— L'important, c'est que le chiot reste une journée de plus, dis-je.

Je saisis la rose sur le tableau de bord et relus la note.

Qui pouvait bien me l'avoir envoyée ?

— Arrête de rêvasser devant cette fleur insignifiante, dit Marius.

— Ferme-la, dis-je sans méchanceté.

— Qu'est-ce que tu dis ? demanda Marius. Ce que les femmes peuvent être arrogantes de nos jours !

— Il vaudrait mieux que tu t'y fasses, dis-je.

— Pauvres de nous ! Vous ne nous laissez pas la moindre chance, ajouta-t-il en poussant un soupir.

— Enfin, tu commences à comprendre, dis-je en souriant.

JE PENSE À ELLE DE PLUS EN PLUS SOUVENT.

ET AVEC CES PENSÉES NAÎT LE DÉSIR D'ENTENDRE SA VOIX.

JE DÉCROCHERAIS LA LUNE ET CONQUERRAIS LE CIEL ET LES ÉTOILES POUR ELLE.

ELLE MÉRITE D'ÊTRE TRAITÉE AVEC LA PLUS GRANDE CONSIDÉRATION.

ELLE DOIT SAVOIR À QUEL POINT ELLE EST SPÉCIALE. ELLE MÉRITE D'ÊTRE COURTISÉE ET HONORÉE. ELLE EST DIGNE DE L'AMOUR LE PLUS PUR.

ELLE MÉRITE MON CŒUR.

CAMILLE.

ELLE SERA À MOI.

Chapitre 10

— Combien y a-t-il d'élèves en 5e secondaire? me demanda Marius le lendemain pendant que nous nous rendions chez monsieur Pigeon.

— Je ne sais pas, répondis-je.

— Fais-moi plaisir et essaie de deviner, dit Marius.

— Mille sept cent cinquante divisé par cinq? dis-je en me souvenant du nombre total d'élèves qui fréquentaient la polyvalente.

— Trois cent cinquante, dit Marius.

Noémie ne l'appelait pas Einstein pour rien.

— Mais n'y a-t-il pas beaucoup d'élèves qui décrochent avant la 5e secondaire?

— Je suppose.

— Alors disons qu'il y aura environ trois cents diplômés.

— Très bien, Marius. De quoi s'agit-il? D'un recensement?

— Et combien de parents et amis chaque diplômé compte-t-il, selon toi?

— Comment veux-tu que je le sache ? dis-je avec impatience.

— Combien en as-tu ? demanda Marius.

— Mon père, une tante qui habite une autre province, et peut-être Richard et Hubert.

C'était déprimant.

— Cinq, dit Marius. Alors doublons ce chiffre pour la plupart des élèves.

— Merci beaucoup, Marius, dis-je. Tu es très diplomate.

— Désolé, Camille. Je n'ai pas voulu te blesser.

— Attends... monsieur Pigeon. Ajoute-le à ma liste.

— Six fois deux, douze, multiplié par trois cents, trois mille six cents. Super ! s'émerveilla Marius. Ça fait beaucoup de monde.

— Marius, vas-tu me dire à quoi tout cela rime ?

— Le directeur m'a fait venir dans son bureau à la fin du dernier cours, déclara Marius, comme si cela expliquait tout.

— Oh ! non ! Qu'as-tu fait cette fois ? demandai-je.

— Je suis extrêmement insulté, dit Marius, offusqué. Tu parles exactement comme ma mère.

— Marius, qu'est-ce que tu as fait ?

Réussissant très bien en classe grâce, en partie, à sa mémoire photographique, Marius avait parfois besoin de se divertir durant les cours. Disons seulement que sa bizarrerie lui avait valu quelques visites au bureau du directeur.

— J'ai été convoqué pour être honoré, pas puni, déclara Marius sur un ton hautain.

— Je n'en doute pas, dis-je avec sarcasme.

— Tu ne devrais pas me mépriser, dit Marius. Après tout, tu t'adresses à celui qui prononcera le discours d'adieu lors de la remise des diplômes.

— Non, dis-je sans réfléchir.

Puis je m'arrêtai pour considérer les faits. Depuis que je connaissais Marius, il y avait donc deux ans de cela, il n'avait obtenu que des A. Je suppose que c'était logique de croire qu'il en avait été de même au cours des trois premières années de ses études secondaires.

— C'est toi qui as la meilleure moyenne ? demandai-je.

— Bien sûr, répondit-il sans fausse modestie. Et tu sais, j'ai eu l'impression que le directeur n'était pas particulièrement heureux de cette situation, dit Marius en riant. Après tout, on ne peut pas dire que je suis son élève préféré. Mais le règlement, c'est le règlement. C'est moi qui ai conservé la meilleure moyenne au cours de mes études secondaires.

— Qui termine deuxième ? demandai-je par curiosité.

— Noémie, répondit Marius. En fait, le directeur n'a pas cessé de la louanger durant notre entretien.

— Le salaud ! explosai-je. Il voulait que tu lui cèdes ta place !

— Exactement.

Je me tournai brusquement vers lui, saisis son visage dans mes mains et l'obligeai à me regarder en face. Heureusement, nous étions arrêtés à un feu rouge.

— Tu ne l'as pas fait. Marius, dis-moi que tu ne l'as pas fait.

— Qu'est-ce que ça peut te faire ? Tu as refusé de me croire quand je t'ai annoncé la nouvelle.

— Marius, ce n'est pas vrai. Pas Noémie !

Le conducteur de la voiture derrière nous klaxonna avec impatience.

— Marius, réponds-moi.

— J'ai dit au directeur que j'y réfléchirais, déclara Marius.

— Tu vas prononcer ce discours, dis-je, inflexible.

— Pourquoi ?

— Parce que ça fera plaisir à tes parents, répondis-je en cherchant désespérément des motifs qui n'avaient rien à voir avec Noémie.

— Ça dépend de ce que je dirai, dit Marius en haussant les sourcils d'un air espiègle.

Son expression me donna une autre raison de me faire du souci.

— Marius, tu irais jusqu'à débiter des âneries lors de la remise des diplômes ? demandai-je.

Je ne sais pas pourquoi je lui posais cette question. Je connaissais déjà la réponse.

— Les discours d'adieu sont extrêmement

ennuyeux, fit remarquer Marius. «Ce soir, ce n'est pas une fin, mais un commencement...» Je ne crois vraiment pas que je pourrais réciter des trucs de ce genre.

— Tu pourrais prononcer un discours formidable, Marius, sans être trop...

— Extravagant? suggéra-t-il.

— Oui, approuvai-je.

— Écoute, dit Marius. Je vais écrire un discours et je te laisserai décider si je le prononce ou si je cède la place à Noémie. N'oublie pas que trois mille six cents personnes m'écouteront. La décision t'appartient.

— Marius, tu ne peux pas me faire ça.

— D'accord. Je dirai au directeur que je décline son offre.

— Écris, dis-je.

Je me jurai de lui donner le feu vert, à moins que son discours ne risquât de tuer ses parents.

Noémie? Pas question.

Une fois chez monsieur Pigeon, je me rendis compte que je n'avais pas eu le temps de m'inquiéter à propos du chiot. Je m'apprêtais à tourner la poignée de la porte lorsque Marius m'arrêta.

— Vaut mieux pas, dit-il. Nous pourrions les surprendre.

— Quoi? demandai-je, perplexe.

— Anna et monsieur Pigeon sont peut-être...

Il me fit un clin d'œil.

Je le dévisageai avec étonnement.

— Marius, comment as-tu pu penser une telle chose ?

— Veux-tu insinuer que monsieur Pigeon ne pourrait pas ?...

Par chance, avant que Marius ait pu terminer sa phrase, j'entendis la voix de monsieur Pigeon.

— Eh bien ! entrez. Ne restez pas là à tâter la poignée de porte.

Nous sommes entrés dans le salon et un large sourire éclaira alors mon visage. Monsieur Pigeon était assis sur le canapé et le chiot était blotti tout contre lui.

— Cette stupide bête refuse de me laisser tranquille, dit monsieur Pigeon, de mauvaise humeur.

Ça sonnait faux, toutefois.

— Comment s'est déroulée votre leçon avec Anna ? demanda Marius innocemment.

— Je n'y suis pas allé, répondit monsieur Pigeon sèchement.

— Et pourquoi ? demandai-je.

— Je n'en avais pas envie, se contenta-t-il de répondre.

— N'est-elle pas venue vous chercher ? demandai-je.

Anna m'avait paru plutôt déterminée.

— Bien sûr, dit monsieur Pigeon. J'ai refusé de lui ouvrir.

— Elle s'inquiète peut-être à votre sujet. Et si

elle croyait qu'il vous est arrivé quelque chose?

— Laissons-la s'inquiéter, dit monsieur Pigeon. Je ne lui ai jamais demandé de s'intéresser à moi ni à mon...

Il se reprit.

— ... ni à cette incorrigible bête.

— Est-ce que ça signifie que le chiot n'est pas sorti du tout aujourd'hui? demanda Marius. Camille et moi allons lui faire faire une promenade tout de suite, si vous voulez.

— *Bien sûr* qu'il est sorti, s'indigna monsieur Pigeon. J'ai simplement attendu que cette pimbêche ait cessé de frapper à grands coups dans la porte.

— S'est-il mieux comporté aujourd'hui? demandai-je prudemment.

— Bien entendu, répondit monsieur Pigeon. Je n'ai certainement pas besoin d'une prétendue experte en psychologie canine pour me montrer comment faire marcher un animal.

— Bien, dit Marius. Tant mieux. Et si on préparait votre souper maintenant?

— Je suis parfaitement capable de le faire moi-même, répliqua monsieur Pigeon. Après tout, vous êtes partis si précipitamment hier et avant-hier que j'ai dû me débrouiller seul.

— Navrée, dis-je en constatant que je m'étais tellement préoccupée du chiot que j'en avais oublié les repas de monsieur Pigeon. Vous avez besoin de quelque chose à l'épicerie?

— Nous allons jeter un coup d'œil pour voir ce qu'il reste.

— Allumez le téléviseur, ordonna monsieur Pigeon. C'est l'heure des informations.

— La télécommande est là, dit Marius avant que je lui enfonce mon coude dans les côtes.

J'allumai le téléviseur à l'aide de la télécommande et la posai sur le canapé à côté de monsieur Pigeon.

Dans la cuisine, Marius se frotta les côtes.

— Pourquoi as-tu fait ça ? demanda-t-il.

— Tu ne t'en es donc pas rendu compte ? Monsieur Pigeon ne voulait pas déranger le chiot, dis-je. N'est-ce pas fantastique ?

Soudain, j'entendis un rugissement provenant du salon.

— Qu'est-ce que c'est que ça ?

Je me ruai vers le salon et trouvai monsieur Pigeon qui tenait le chiot à bout de bras devant lui. Je jetai un coup d'œil au canapé avec appréhension. Il était bel et bien mouillé.

Marius s'empara du chiot.

— Je vais le sortir, dit-il.

Puis il me sourit gentiment.

— Camille va nettoyer le canapé, dit-il en sortant en toute hâte avant que j'aie pu protester.

Monsieur Pigeon regardait son canapé, horrifié.

— Ne vous en faites pas, dis-je. Avec un peu d'eau et du savon, il sera aussi beau qu'avant.

— Cette affreuse bête a uriné sur mon canapé.

— Les chiots sont tous comme ça, dis-je pour le rassurer. Ils dorment si profondément qu'ils oublient parfois ce qu'ils font.

— Voilà pourquoi ils devraient vivre dans des cages à la S.P.A., déclara monsieur Pigeon d'un air renfrogné.

— Pourquoi ne pas vous asseoir dans ce fauteuil et regarder le bulletin d'informations? Je nettoierai tout en un rien de temps, dis-je frénétiquement.

Effectivement, quelques minutes plus tard, je retournais dans la cuisine pour préparer le souper.

J'avais presque terminé lorsque monsieur Pigeon apparut dans l'embrasure de la porte.

— Où sont-ils? demanda-t-il.

— Qui?

— La bête et son gardien, répondit-il avec froideur.

— Je ne sais pas, dis-je. Vous voulez que j'aille voir?

— Il a probablement perdu le chiot. Ou bien il est couché quelque part au beau milieu de la rue.

J'eus envie de lui demander s'il parlait de Marius ou du chiot, mais je me mordis la langue.

— Je suis persuadée qu'ils sont sains et saufs, dis-je. Marius sait s'y prendre avec les chiens.

Je ne savais pas exactement pourquoi j'avais dit cela puisque je n'avais jamais vu Marius avec un chien auparavant, mis à part le chiot, qui avait d'ailleurs tendance à grogner quand Marius l'approchait.

— Je suis content d'être entouré d'un tel groupe d'experts, maugréa monsieur Pigeon.

À cet instant, on frappa à la porte.

— Les voilà.

Mais pourquoi Marius frappait-il?

J'entendis la porte s'ouvrir, puis une voix qui, de toute évidence, n'était pas celle de Marius.

— Auguste? Auguste? Vous êtes là? Et où est ce mignon petit toutou?

— Je vais voir où est Marius, dis-je à monsieur Pigeon.

— Ne me laissez pas seul avec cette femme.

Il avait prononcé cette phrase d'un ton presque suppliant.

— Si je reste, vous garderez le chiot? murmurai-je.

Je savais que c'était un coup bas, mais j'étais désespérée.

Monsieur Pigeon n'eut pas le temps de répondre, car Anna entra sans crier gare.

Chapitre 11

Marius et « la bête » revinrent tout de suite après l'arrivée d'Anna, à mon grand soulagement, et Marius s'empressa d'inviter Anna à rester pour le souper. Monsieur Pigeon semblait prêt à étrangler Marius, mais Anna l'entraîna dans le salon pour le bombarder de questions : pourquoi ne lui avait-il pas ouvert ce matin ? Où était-il donc ?

Cette femme était une véritable tornade !

Marius et moi nous sommes retirés dans la cuisine pour finir de préparer le repas.

Je déchiquetais la laitue lorsque Marius me saisit par derrière et m'embrassa.

— Qu'est-ce qui me vaut ce baiser ? demandai-je quand j'eus repris mon souffle.

— C'est toute cette passion dans l'air, dit Marius en jetant un regard furtif vers le salon. Nous ne pouvons pas laisser la vieille génération prendre l'avance.

— Marius, je doute que monsieur Pigeon et Anna soient en train de se caresser sur le canapé.

— Comment peux-tu le savoir?

— Anna parle toujours, fis-je remarquer.

— Écoute... commença Marius.

À cet instant, nous n'entendions que la voix du présentateur de nouvelles.

— Tu vois? J'ai raison, dit Marius en m'enlaçant.

— Va voir, dis-je. Quoi que monsieur Pigeon fasse avec Anna, tu peux revenir et le faire avec moi.

Marius se dirigea vers la porte de la cuisine à pas de loup et disparut. Il ne s'écoula que quelques secondes avant qu'il ne surgisse de nouveau.

— Déchire tous tes vêtements et couche-toi par terre, dit-il en déboutonnant sa chemise.

— Marius!

— On a fait un marché, oui ou non? continua-t-il en faisant mine d'enlever son pantalon.

— *Marius!* sifflai-je.

C'est alors que j'entendis la voix d'Anna. Avant que Marius ait pu continuer à se déshabiller, elle était dans l'embrasure de la porte.

— Est-ce que je peux vous aider, les enfants? demanda-t-elle, habillée de la tête aux pieds.

— Non, nous y arriverons très bien seuls, répondit Marius en me dévisageant.

— Marius! dis-je pour la troisième fois en espérant qu'Anna ne se douterait de rien. Ça va, dis-je à Anna.

— Parle pour toi, marmonna Marius, l'air

maussade, en se faufilant derrière Anna pour boutonner sa chemise.

— Vous pourriez peut-être tenir compagnie à monsieur Pigeon? suggérai-je.

— D'accord, dit-elle en se dirigeant vers le salon.

— J'aimerais que tu arrêtes de chercher à me séduire dans la cuisine de monsieur Pigeon, déclara Marius en faisant semblant de garder ses distances.

— Tu as raison, dis-je dans un soupir. Mais, que veux-tu, je suis attirée par les premiers de classe.

— Ha! ha! fit Marius. Et moi qui croyais que c'était mon corps que tu voulais.

— Ça aussi, dis-je en poussant un nouveau soupir. Tiens. Tranche cette tomate.

Marius bomba le torse et adopta la position d'un samouraï. Il massacra la tomate mais, au moins, il ne parla pas de sexe durant quelques instants.

Durant le souper, Anna nous raconta que son mari était décédé d'un cancer trois ans plus tôt. Elle habitait à quatre pâtés de maisons de monsieur Pigeon et avait été la secrétaire du directeur d'une importante compagnie. Elle avait pris sa retraite lorsque son mari était tombé malade et, enfin, c'était une adepte de la marche.

— Le médecin a recommandé à monsieur Pigeon de marcher, dis-je gentiment.

— Moi, je marche d'un pas rapide. Je doute qu'Auguste arrive à me suivre.

— Je pourrais suivre n'importe qui si j'en avais envie, rétorqua monsieur Pigeon, froissé.

— Il faudrait qu'il commence lentement et qu'il augmente graduellement la distance et la durée de son parcours, m'empressai-je d'ajouter de peur que monsieur Pigeon, têtu comme une mule, décide de marcher quinze kilomètres la première journée.

— Je pourrais venir vous chercher à la fin de ma promenade, proposa Anna.

— Je ne crois pas que ce sera nécessaire, dit monsieur Pigeon avec hargne.

— Très bien. Alors je viendrai chercher votre chien. Il y aura au moins quelqu'un dans cette maison qui aura une vie saine, répliqua-t-elle.

Marius et moi avons échangé un regard étonné. Cette dame ne s'offusquait vraiment de rien.

Je l'aimais bien. Beaucoup même. J'aurais voulu que monsieur Pigeon soit plus aimable avec elle.

Marius et moi avons lavé la vaisselle. Puis, Anna partit en disant qu'elle attendait un appel de sa fille qui vivait à Vancouver. Monsieur Pigeon et le chiot regardèrent une émission spéciale sur la Seconde Guerre mondiale.

— Crois-tu que la période critique est passée pour le chiot? demandai-je à Marius tandis que nous roulions vers ma maison.

— Avec une personne normale, oui, répondit

Marius. Mais avec monsieur Pigeon, le chiot pourrait bien être menacé d'expulsion jusqu'à la fin de ses jours.

En arrivant chez moi, nous avons tout de suite remarqué que la voiture de mon père n'était pas là.

— Est-ce que ton père travaille tard? demanda Marius avec une note d'espoir dans la voix.

— Je ne crois pas.

Je remontai l'allée et marchai jusqu'à la porte de la cuisine. Les trois cœurs rouges étaient toujours là. Il fallait que je pense à les enlever avant que mon père me pose des questions auxquelles je ne pourrais pas répondre.

Nous sommes entrés dans la maison. Il y avait un mot sur le réfrigérateur:

Camille,
Voyage imprévu en Californie... Je pars dans cinq minutes. Navré de n'avoir pu te voir avant mon départ. Je te téléphonerai une fois là-bas.
Papa

Va voir dans le salon. Elles étaient sur le seuil de la porte quand je suis sorti. Marius?

Je levai les yeux après avoir parcouru la note; Marius, bien sûr, l'avait lue par-dessus mon épaule.

Marius se dirigea vers le salon avant que j'aie pu le rattraper. Nous nous sommes immobilisés tous les deux dans l'embrasure de la porte.

Dans un vase posé sur la table se trouvaient une douzaine de roses rouges.

— Marius? demandai-je non sans hésitation, tout en connaissant déjà la réponse.

— Non.

J'ouvris l'enveloppe qui accompagnait les fleurs.

Cette fois, il n'y avait rien d'écrit, mais uniquement des cœurs rouges. En fait, le recto et le verso de la carte en étaient presque entièrement couverts.

— Sais-tu combien coûte une douzaine de roses? finit par demander Marius.

— Non, répondis-je alors que les idées se bousculaient dans ma tête.

— Très cher. Ton admirateur secret a des goûts coûteux, fit remarquer Marius.

— Cela exclut la plupart des gens que je connais, dis-je.

— Pas besoin de me rappeler que je n'ai pas les moyens de t'acheter des roses, dit Marius.

— Ce n'est pas ce que j'ai voulu dire et tu le sais bien.

Je m'emparai du vase et l'apportai dans la cuisine. Je savais que Marius se sentirait mieux si je jetais les fleurs, mais je ne pouvais tout simplement pas m'y résoudre. Elles étaient d'un rouge profond et superbe, et leur parfum était riche et frais.

Je décidai de les placer hors de sa vue.

Marius était étendu sur le sofa quand je revins de la cuisine. Je m'assis par terre à côté de lui.

— Ton père est parti, dit Marius sur un ton rêveur. Loin, très loin. De l'autre côté du continent.

— Et il s'attend à ce que je me conduise bien durant son absence, dis-je.

La confiance de mon père était très importante à mes yeux. À sa façon, il faisait également confiance à Marius. Je savais que mon père n'aimait pas que Marius et moi restions seuls à la maison mais, de son côté, il savait qu'il ne pouvait pas nous empêcher de passer du temps ensemble.

Malgré cela, il ne voulait pas que je fasse l'amour avec Marius.

J'étais d'accord. Je ne me sentais pas prête à franchir ce pas ni à prendre les risques que cela impliquait. Marius, par contre, ne me facilitait pas toujours les choses.

L'une des qualités que j'appréciais chez Marius, néanmoins, c'était qu'on pouvait lui dire «non».

À vrai dire, j'avais ma théorie à propos de Marius. Je ne le croyais pas prêt non plus à faire l'amour; toutefois, il ne craignait pas de me faire des avances parce qu'il *savait* que je refuserais. Si j'avais dis oui, il aurait probablement paniqué et se serait sauvé.

C'était là ma théorie, mais je n'osais pas la mettre à l'épreuve.

Marius partit quelques heures plus tard. Je le raccompagnai jusqu'à la porte. Je n'avais pas envie qu'il parte, mais je savais qu'il le fallait. Il sortit dans l'air tiède de cette soirée de printemps, mais s'arrêta soudain.

— Qu'est-ce que c'est?

Il fixait la vitre de la porte de la cuisine.

— Les cœurs, dis-je.

— Combien y en avait-il? demanda Marius.

Je sortis pour jeter un coup d'œil à la porte. Quatre cœurs. Je les examinai attentivement.

— N'y en avait-il pas trois avant? demanda Marius.

— Peut-être quatre, dis-je, mais j'aurais pu jurer qu'il n'y en avait que trois.

Tout à coup, j'enlevai les cœurs en les grattant avec mon pouce.

— Tiens. Plus de cœurs, dis-je.

Marius paraissait toujours inquiet.

— Tu es certaine que tu veux que je parte?

— Bien entendu, dis-je d'un ton faussement convaincu.

Mais je n'allais quand même pas m'énerver parce que quelqu'un avait le béguin pour moi, collait des cœurs à ma porte et m'envoyait des fleurs. À quel point cela pouvait-il être dangereux? De plus, j'étais parfaitement capable de prendre soin de moi-même.

Du moins, c'est ce que je dis à Marius. Pourtant, je pris la précaution de verrouiller la porte après son départ et de vérifier deux fois la porte de devant ainsi que les fenêtres. La fenêtre de ma chambre était entrouverte et je la fermai, bien que ma chambre fût au deuxième étage et qu'il fît chaud.

J'aurais pu jurer qu'il n'y avait que trois cœurs sur la porte quand j'étais rentrée.

Mon admirateur était-il revenu pendant que Marius et moi étions là?

Nous avait-il vus?

Avait-il voulu savoir qui se trouvait avec moi?

«Ça suffit, me dis-je. Tu es ridicule.»

J'avais presque réussi à m'en convaincre lorsque je m'endormis enfin, des heures plus tard, après avoir tendu l'oreille au moindre bruit.

Habituellement, cela ne me dérangeait pas d'être seule quand mon père était en voyage d'affaires. En fait, j'appréciais plutôt ces moments de solitude.

Ce soir-là, cependant, la Californie me semblait très loin.

Je m'endormis en comptant des roses et des cœurs rouges.

CE N'EST PAS SA FAUTE.

ELLE NE ME CONNAÎT PAS ENCORE.
LORSQU'ELLE COMPRENDRA QU'ELLE EST L'ÉLUE DE MON CŒUR ET QUE JE NE CHERCHE QU'À LA RENDRE HEUREUSE, ELLE SAURA QU'IL N'Y A QU'UN CHEMIN À SUIVRE.

ELLE SERA À MOI, RIEN QU'À MOI.

JE DOIS LUI FAIRE COMPRENDRE QUE CHAQUE JOUR QUI PASSE SANS QUE NOUS SOYONS ENSEMBLE N'EST QU'UNE PERTE DE TEMPS.

JE DOIS LUI DIRE QUI JE SUIS.

Chapitre 12

J'allai voir la secrétaire dès mon arrivée à l'école le lendemain matin.

— Qu'y a-t-il donc de si important à propos de cette combinaison ? me demanda-t-elle.

— Eh bien ! madame Lizotte, on a laissé quelque chose dans mon casier et j'aimerais savoir qui a pu faire ça, expliquai-je poliment.

— S'agissait-il d'un objet dangereux ? D'une bombe ? demanda madame Lizotte dont le joli visage paraissait inquiet.

— En fait, c'était une rose, admis-je.

— Et tu t'en plains ? Tu devrais remercier la personne qui lui a donné la combinaison.

Madame Lizotte retourna à son travail en souriant.

— Vous voulez dire que c'est vous ? demandai-je.

— Non, répondit-elle. Je dois admettre, cependant, que si un jeune homme se présentait ici avec des roses, je pourrais me laisser convaincre. Comme c'est romantique !

— Existe-t-il un autre moyen d'ouvrir les casiers ? demandai-je, plus à moi-même qu'à madame Lizotte.

— Les concierges ont des passe-partout, dit la secrétaire. Mais je ne m'en ferais pas trop pour ça. S'il s'intéresse suffisamment à toi pour t'offrir des roses, il se manifestera avant qu'elles soient fanées.

Je la remerciai et sortis. Madame Lizotte avait raison. Un garçon ne m'aurait pas donné des roses sans même me laisser la chance de le remercier.

N'est-ce pas ?

Je me hâtai vers la classe de physique et m'assis à côté de Marius. Pour une fois, Noémie était à sa place.

Je fis part à Marius de mon entretien avec madame Lizotte.

— Elle soutient que celui qui m'a envoyé les fleurs va se montrer pour me permettre de lui exprimer ma reconnaissance, dis-je en sortant mon cahier de notes.

— Et à quel point lui es-tu reconnaissante ?

— Au point de me jeter à ses pieds et de le supplier de faire ce qu'il veut de mon corps, répondis-je en souriant.

Marius sortit immédiatement son portefeuille et toute la monnaie de ses poches.

— Combien de roses pourrai-je acheter avec 4,92 $? demanda-t-il.

— Pas assez, dis-je en souriant toujours.

Je me concentrai sur le cours et chassai les roses et Marius de mes pensées. Marius, pour sa part, passa son temps à écrire. À la fin du cours, il me remit plusieurs feuilles.

— Tiens. Lis ça et dis-moi ce que tu en penses, dit-il en se levant pour partir.

Je pris les feuilles et les lus tout en me dirigeant vers mon casier.

Discours d'adieu, brouillon 1

En cette soirée (choisissez l'un des qualificatifs suivants : très chaude, chaude, froide, fraîche, suffocante, pluvieuse, humide avec trente pour cent de risque d'orage), nous sommes réunis ici pour la dernière fois.

Alléluia ! Je n'ai jamais été aussi impatient de quitter une institution dans ma vie.

Je grognai.

Existe-t-il un autre endroit où l'on trouve des gens qui encouragent avec enthousiasme le massacre légal d'êtres humains qui se frappent la tête entre eux, se fracassent les os, se comportent de façon à causer des blessures et rehaussent le tout de jurons et de crachats ? Non seulement laisse-t-on ce carnage se produire, mais on vend aussi des billets pour y assister. Et on appelle cela du sport!

«D'accord, d'accord, pensai-je, je sais que tu n'aimes pas le football, Marius.» Je pouvais déjà imaginer les joueurs de l'équipe se lever et envahir l'estrade. «Bien joué, Marius.»

Existe-t-il un autre endroit où l'on peut voir des jeunes hommes s'empoigner dans des positions bizarres avec des intentions douteuses et vendre des billets pour ça aussi?

J'ignorais que Marius détestait la lutte à ce point.

Y a-t-il un autre endroit où l'on trouve des adultes sous-payés qui en sont réduits à jouer le rôle de gardien d'enfants, de psychiatre, de mère, de père, d'infirmier, de femme de ménage, de maître d'hôtel et de gardien de prison, tout ça dans le but d'inculquer les rudiments du savoir à des sujets rebelles?

Nulle part ailleurs peut-on trouver un tel nombre d'adolescents rassemblés dans un seul édifice et dont les principaux intérêts sont: le fixatif, les moteurs, le sexe, la plage, les vêtements, le sexe, les souliers gonflables, le sexe, les coups bas, le plagiat, le sexe...

Allez-y! (Faire de grands gestes.) Allez-y,
enivrez-vous, roulez à toute vitesse, ne prenez pas
vos responsabilités, ne faites pas attention à ceux
qui vous entourent.

À ceux d'entre vous qui vous êtes fixé des
objectifs plus élevés dans la vie, bonne chance!
Prenez garde à tout le reste.

Ceux d'entre vous qui ne veulent que sortir
d'ici et faire la fête, réjouissez-vous. Ce discours
est terminé.

Merci. (Saluer humblement la foule en délire.)

Tout compte fait, il était peut-être préférable
que Noémie prononce le discours.

Je m'arrêtai à mon casier pour y ranger mon
manuel de physique. Après avoir composé la
combinaison de mon cadenas et ouvert la porte,
j'aperçus, pendant au bout d'un ruban rouge, un
gros cœur découpé dans du papier rouge. Je le
saisis et lus:

CAMILLE,
LES CŒURS ET LES ROSES NE SUFFI-
SENT PLUS. JE VEUX TE RENCONTRER.
J'OSE SEULEMENT ESPÉRER QUE TU
VOUDRAS BIEN M'ACCORDER UN PEU DE
TON TEMPS.
AURAIS-TU LA GENTILLESSE DE ME
REJOINDRE MERCREDI SOIR À VINGT

HEURES DEVANT LES MARCHES DE L'ENTRÉE PRINCIPALE DE L'UNIVERSITÉ?

JE T'EN PRIE, VIENS SEULE. SINON, JE NE CROIRAI PAS QUE TU AS SINCÈREMENT ENVIE DE ME CONNAÎTRE.

FAIS-MOI CONFIANCE. JE NE TE VEUX QUE DU BIEN. JAMAIS JE NE FERAIS QUOI QUE CE SOIT QUI PUISSE TE FAIRE DU MAL. CAR CE SERAIT ALORS COMME ME FAIRE MAL AUSSI.

Je regardai des deux côtés du cœur pour voir s'il y avait un nom, mais ne trouvai rien. Quelle note étrange ! Au moins, cela me donnerait l'occasion d'élucider le mystère.

J'étais impatiente de voir ce que Marius en penserait.

Un instant. Si j'en parlais à Marius, il insisterait pour venir avec moi. Et si je ne le laissais pas m'accompagner, il se cacherait dans les arbustes ou viendrait à bicyclette affublé d'un faux nez et d'une perruque.

Il valait peut-être mieux ne rien dire à Marius.

C'était préférable que je rencontre ce garçon toute seule et que je tire enfin cette histoire au clair.

AUJOURD'HUI, C'EST LE GRAND JOUR.

AUJOURD'HUI, TOUT COMMENCE.

Chapitre 13

J'étais déconcertée. Je ne savais plus du tout quoi faire.

En parler à mon père? Pas question. Il comprendrait, mais réagirait de manière excessive. Il ferait encercler l'université tout entière par l'infanterie. Les instincts militaires ont la vie dure.

Monsieur Pigeon? C'était un autre non catégorique. Il se remettait bien de sa crise cardiaque et je ne voulais pas qu'il s'inquiète. De plus, il amenait maintenant le chien en promenade et ne menaçait de le renvoyer à la S.P.A. qu'une journée sur deux. C'était déjà mieux que tous les jours. J'étais donc optimiste.

Il restait Marius. J'avais envie de lui en parler. J'avais l'habitude de tout lui raconter. En outre, il me regardait curieusement depuis quelques jours et je croyais presque qu'il pouvait lire dans mes pensées. Il m'avait même demandé si quelque chose me préoccupait et j'avais dû me retenir pour ne pas tout lui avouer.

Je tournai et retournai la question cent fois dans ma tête. Si je me confiais à Marius, j'aurais au moins l'assurance qu'il serait là si j'avais besoin de lui.

Par contre, si je disais à Marius que j'avais envie de découvrir qui était mon admirateur secret, j'étais presque certaine qu'il me suivrait et se manifesterait.

Il y avait une autre possibilité, mais je ne la prenais pas sérieusement en considération. C'était de ne pas y aller, tout simplement. Je devais admettre que je ne pouvais m'imaginer faire ça. Quelqu'un s'était donné beaucoup de mal pour entrer en contact avec moi et ma curiosité était piquée. Ce garçon semblait tenir beaucoup à moi et je voulais savoir pourquoi. De plus, je désirais éclaircir certaines choses avec lui.

Je songeais à Marius. Nous ne nous étions pas exactement promis un amour éternel, mais nous tenions beaucoup l'un à l'autre.

Et si ce garçon m'invitait à sortir? J'en serais flattée, mais est-ce que je souhaitais fréquenter quelqu'un d'autre que Marius? D'une part, je me disais que oui; Marius était le premier garçon que je fréquentais et il aurait peut-être mieux valu que j'en connaisse plusieurs. D'autre part, je ne pouvais m'imaginer annonçant à Marius que je voulais sortir avec un autre garçon. Cela ne signifierait-il pas qu'il était libre aussi de sortir avec une autre fille? Noémie, par exemple?

De plus, ce garçon devait être bizarre pour s'être donné tout ce mal avec les cœurs et les roses. Il avait peut-être quarante-sept ans. Il était peut-être atrocement défiguré. Ou alors, il s'agissait peut-être d'un psychopathe qui allait me kidnapper, me violer et me tuer.

« Ressaisis-toi, Camille. L'université ne sera pas déserte. De plus, à cette période de l'année, il ne fera même pas encore nuit. »

Il fallait que je le rencontre seule. J'avais besoin de mettre fin à tout ce suspense.

Mais s'il était fou ? S'il m'entraînait quelque part ?

C'était comme une balade en montagnes russes. J'en avais tellement assez de me faire du souci que c'était un véritable soulagement que le jour J soit enfin arrivé.

De plus, j'en étais arrivée à un compromis.

Marius fut un peu surpris lorsque j'insistai pour que nous allions à la bibliothèque de l'université en sortant de chez monsieur Pigeon. Je le convainquis de revoir son discours pendant que j'étudierais en vue des examens qui approchaient.

Il me proposa d'aller chez lui. Puis chez moi. Et au cinéma. Je tins bon.

Puis vint le moment crucial. Nous étions assis au deuxième étage de la bibliothèque depuis une heure.

— Marius, j'ai besoin d'un peu d'air avant de lire ce chapitre de physique, dis-je avec désinvolture.

— Je viens avec toi.

— Non, protestai-je rapidement. Tu es inspiré. Tu n'as pas arrêté d'écrire depuis tout à l'heure et je ne veux pas t'interrompre. Je reviens dans quelques minutes.

Ma voix dut me trahir, car Marius me dévisagea et referma son cahier.

— Ce n'est pas grave. Ça me fera du bien aussi de prendre l'air.

Super. Qu'est-ce que je devais faire maintenant? Il ne me restait plus beaucoup de temps.

— Marius, tu m'étouffes, lâchai-je d'un ton brusque. Je ne peux donc pas aller prendre une bouffée d'air frais sans que tu me tournes autour?

Je détestais prononcer ces paroles, mais c'était le seul moyen que j'avais trouvé.

— Je vais uniquement m'asseoir sur les marches de l'entrée, dis-je. Je serai de retour dans cinq minutes.

Je ne lui laissai pas le temps de répliquer et tournai les talons.

Dès que je fus hors de sa vue, je jetai un coup d'œil à ma montre. Dix-neuf heures cinquante-huit. Je me mis à courir. Le gardien de sécurité à l'entrée de la bibliothèque me regarda d'un œil soupçonneux, mais je lui montrai mes mains vides.

Je poursuivis ma course et, avant même d'avoir pris le temps de réfléchir, me retrouvai en haut des marches de l'entrée.

Elles étaient désertes.

De nouveau, je regardai ma montre. Il était exactement vingt heures. Je m'assis sur la troisième marche du haut et repris mon souffle. Cinq minutes. C'est tout le temps qu'il avait pour se manifester. Après, j'irais retrouver Marius.

Ce furent cinq longues minutes d'agonie. Plusieurs personnes passèrent, mais aucune ne sembla s'apercevoir de ma présence.

Qu'allais-je dire à Marius?

Avant de partir, je décidai de descendre les marches afin de jeter un dernier coup d'œil. Je descendis lentement, à la fois déçue et furieuse. J'avais espéré obtenir des réponses, mais je n'avais réussi qu'à me causer d'autres ennuis.

Lorsque je remontai, quelque chose attira mon attention sur la marche du haut.

Des cœurs rouges étaient collés sur le béton. Cette fois, il y en avait dix-sept.

Il était venu. Mais où était-il maintenant?

Je me redressai et promenai mon regard autour de moi.

Seul Marius se trouvait à proximité. Il était debout dans l'entrée et me regardait.

Chapitre 14

— Qu'est-ce qui se passe? me demanda Marius calmement en marchant vers moi.

Je m'assis et me pris la tête dans les mains.

Puis, il dut remarquer les cœurs.

— Tu venais le rencontrer, n'est-ce pas?

— Oui, répondis-je.

— Il t'a envoyé une autre note?

Marius était étrangement calme.

— Oui, admis-je.

— Et tu allais le rencontrer ici toute seule et courir un risque?

— Oui.

— Très bonne idée, Camille.

— Qu'est-ce que j'étais censée faire? demandai-je en me redressant.

— Tu aurais pu m'en parler, dit Marius. Camille, tu ne connais pas ce garçon. Il pourrait te vouloir du mal.

— Je peux très bien me débrouiller seule, rétorquai-je avec vigueur. De plus, tu deviens ridicule. Ce n'est qu'un garçon qui est amoureux de moi. Tu en parles comme d'un meurtrier.

— Et qu'avais-tu l'intention de lui dire, Camille ?

Ce n'était pas le genre de Marius d'être aussi sérieux, aussi calme.

— Je ne sais pas. Ça dépendait de ce qu'il allait me dire.

— Et s'il avait trouvé les mots qu'il fallait, tu aurais dit oui ?

— Marius, sois raisonnable. Je n'allais pas m'enfuir avec lui ni sauter dans une voiture ni aller l'épouser à Las Vegas. Je voulais simplement faire sa connaissance et mettre fin au suspense.

— Tu es certaine que c'est tout ?

— Non, Marius. Je voulais faire l'amour avec lui ici, sur les marches de l'université. Voilà. Tu es content ?

— Non, répondit Marius, impassible. Non, je ne suis pas content du tout. Je ne peux pas croire que tu m'aies menti.

— Je ne t'ai pas menti, protestai-je, tout en sachant très bien que c'était un argument plutôt faible.

— Ne joue pas sur les mots avec moi, dit Marius.

— J'ai seulement omis quelques détails, continuai-je. J'avais prévu de tout te raconter lorsque je saurais qui était ce garçon.

— Tu devrais faire de la politique, fit remarquer Marius.

— C'est un coup bas, dis-je, bien qu'il eût raison.

— Je suppose que tu ne me fais pas aussi confiance que je le croyais, dit Marius. Je constate également que tu étais plus intéressée à rencontrer un autre garçon que je ne l'aurais cru.

J'aurais préféré qu'il me crie après plutôt que de me parler sur ce ton calme qui trahissait son chagrin.

— Marius, j'ai commis une erreur. Je suis désolée.

Je m'attendais à ce qu'il réagisse puisque je m'excusais rarement, mais Marius n'ajouta pas un mot. Il se contenta de tourner les talons.

Je le suivis. Après tout, nous étions venus ensemble. De plus, je pensai que, une fois cette délicate étape franchie, nous serions en mesure de discuter.

Je me trompais.

Nous sommes retournés à la bibliothèque et avons rassemblé nos livres en silence. Puis nous sommes rentrés sans dire un mot. C'était horrible. Le pire de tout était de savoir que Marius avait raison. Je n'avais pas été très honnête avec lui et je ne lui avais pas fait confiance.

Soudain, je me mis à détester les cœurs rouges et les roses.

Je descendis de la voiture de Marius et il démarra immédiatement. D'habitude, il me raccompagnait toujours jusqu'à la porte, mais je suppose qu'il s'était dit que je pouvais me débrouiller seule.

Mon père, de retour de voyage, lisait dans le salon et je bavardai un peu avec lui par politesse avant de m'enfermer dans ma chambre.

Formidable.

Mon admirateur secret ne m'admirait pas suffisamment pour se montrer.

Marius me méprisait.

Je me méprisais aussi.

Je me dis qu'à cet instant, le chiot devait se soulager encore une fois sur le canapé de monsieur Pigeon et que même *lui* me méprisait.

Je tentai de continuer à étudier la physique, mais j'étais absolument incapable de me concentrer. Fantastique. J'allais échouer à l'examen de physique et monsieur Clément me mépriserait également.

«Ressaisis-toi, Camille.»

J'avais besoin de savoir qui était celui qui collait les cœurs et m'avait envoyé les roses. Il fallait que je lui dise qu'il me créait des ennuis et que le jeu était terminé.

De plus, il fallait que j'éclaircisse le malentendu avec Marius.

Je devais établir un plan.

Lorsque je m'endormis vers deux heures, j'y réfléchissais toujours.

À trois heures, le téléphone sonna. Je me précipitai dans le couloir et répondis à la troisième

sonnerie. J'étais persuadée que c'était Marius qui
était désolé que nous nous soyons querellés.

Un silence accueillit mes «allô!» répétés.

À cet instant, je perdis le peu de patience qu'il
me restait.

— Est-ce que c'est toi qui m'a envoyé les fleurs
et qui colle les cœurs rouges? Dis quelque chose,
bon sang!

On raccrocha et la tonalité résonna dans mon
oreille. Je posai le récepteur avec fracas.

Je levai les yeux et aperçus mon père qui me
regardait, debout dans l'embrasure de la porte de
sa chambre.

Chapitre 15

— Qui était-ce? demanda mon père.

— Je n'en ai pas la moindre idée, répondis-je, les épaules voûtées.

— Tu as parlé de cœurs et de roses. Les fleurs ne venaient donc pas de Marius?

— Non, dis-je. Quelqu'un a collé des cœurs rouges sur mon casier et m'envoie des notes me disant à quel point je suis merveilleuse.

Tout ce que j'avais dit à mon père était vrai mais, comme avec Marius, je n'avais pas tout révélé.

— Alors un garçon est amoureux de toi? demanda mon père, visiblement soulagé.

— Probablement un élève de 2e ou 3e secondaire, dis-je.

— Et il t'appelle à cette heure indue?

Cela l'ennuyait, de toute évidence.

— Je ne sais pas.

— Il s'agissait peut-être d'un mauvais numéro, dit mon père.

Sur ce, nous sommes retournés nous coucher.

Le lendemain, Marius n'était pas à l'école. Je me rendis donc seule chez monsieur Pigeon après les cours.

— Où est monsieur Lavigne?

Ce furent les premiers mots que prononça monsieur Pigeon.

— Il n'est pas là.

— Je m'en suis aperçu, mademoiselle April. Je me remets peut-être d'une crise cardiaque, mais je ne suis ni aveugle ni stupide.

— Il n'est pas venu à l'école aujourd'hui, dis-je.

— Et vous ne savez pas pourquoi?

— Non, avouai-je.

— À propos de quoi vous êtes-vous disputés? demanda monsieur Pigeon en soupirant.

Je le regardai d'un air surpris. Il n'était pas du genre à se mêler de nos problèmes sentimentaux.

— C'est une longue histoire, répondis-je. Ça s'arrangera.

Je n'avais pas du tout envie de me confier à monsieur Pigeon. Il fallait que je change de sujet.

— Où est Anna? demandai-je innocemment.

— Comment le saurais-je?

— Vous ne faites pas de promenades avec elle? demandai-je.

— Est-ce que j'ai l'air d'un masochiste? D'abord, on m'impose cette bête, puis je dois supporter cette femme dominatrice qui se mêle toujours de ce qui ne la regarde pas. Ah! comme je regrette le temps où ma seule tâche était d'enseigner l'histoire à cent cinquante adolescents dissipés !

La « bête » jouait bruyamment dans le salon en tentant d'attraper la balle que je lui lançais.

— Voulez-vous que je l'emmène faire une promenade ? demandai-je.

— C'est déjà fait. À vrai dire, nous sortons plusieurs fois par jour. Cela ménage les tapis et les meubles, dit monsieur Pigeon d'un ton plein de sous-entendus.

— Comment parvenez-vous à éviter Anna ? demandai-je.

— Je me lève tôt, répondit monsieur Pigeon avec suffisance.

— À quelle heure ? demandai-je, soupçonneuse.

— En sortant à cinq heures et demie, j'ai constaté que je pouvais échapper aux compagnons indésirables, expliqua monsieur Pigeon d'un air satisfait. De plus, la qualité de l'air est meilleure à cette heure.

— Et vous marchez de nouveau en fin de journée ? demandai-je, heureuse de voir qu'au moins, il faisait plus d'exercice.

— Uniquement par nécessité, répondit monsieur Pigeon en regardant la « bête » se ruer sur la balle, déraper et foncer dans le mur.

Je crus le voir esquisser un sourire.

Le chiot, épuisé, vint se coucher sur mes genoux.

— Il faut maintenant que nous parlions, annonça monsieur Pigeon qui s'éclaircit la voix.

Ah! non! En plus de tout ce qui m'arrivait, monsieur Pigeon allait me demander de ramener le chiot à la S.P.A. Je ne pourrais pas le supporter. En aucune façon.

— Non, monsieur Pigeon. Je vous en prie, ne me dites pas que...

— Que ce chiot a besoin d'un nom?

Je le regardai, soulagée. Voilà. Il avait capitulé. Le chiot n'avait plus rien à craindre.

— C'est vrai? Vous allez le garder?

— Non sans d'abord vous faire savoir à quel point toute cette manœuvre a été transparente et insultante. Des allergies et des souvenirs, mon œil!

— Je voulais seulement que vous ayez de la compagnie, tout en souhaitant que ce chiot trouve un bon foyer, dis-je en fixant le sol.

— Si j'avais voulu de la compagnie, je m'en serais trouvé, dit monsieur Pigeon dont le regard, pourtant, s'adoucit subtilement à la vue du chiot.

— Navrée. Maintenant, il lui faut un nom.

— Je refuse de lui donner l'un de ces noms affreux qu'il est embarrassant de prononcer en public.

— Fido? suggérai-je. Milou?

— Si vous proposez Toutou, je serai forcé de vous demander de partir, dit monsieur Pigeon.

— Que diriez-vous d'un nom historique?

Je saisis le chiot et le posai sur les genoux de monsieur Pigeon.

— Napoléon ? demanda monsieur Pigeon à l'animal.

Celui-ci ne réagit pas.

— César ?

Le chiot soupira.

Je fus soudain submergée par une vague de tristesse. Marius aurait dû être là. Il aurait sûrement trouvé le nom qu'il fallait. Je tentai de me concentrer de nouveau.

— Rex ? Vagabond ? Y a-t-il eu des chiens célèbres dans l'histoire ? demandai-je.

— Peut-être la louve qui, à ce que l'on suppose, a allaité Romulus et Remus à l'époque de la civilisation ancienne, répondit monsieur Pigeon, mais je ne me souviens pas de son nom.

— Songez à des personnes que vous admirez.

— Michel-Ange. Vinci. Mozart. Machiavel.

— C'est ça ! m'écriai-je.

— Machiavel ? demanda monsieur Pigeon.

Le chien le fixa en dressant les oreilles.

— Non. Mozart, dis-je joyeusement.

— Mozart ? répéta monsieur Pigeon.

Il regarda le chiot.

— Viens, Mozart, dit-il. C'est ridicule. Autant l'appeler Mussolini.

— Quel était le prénom de Mozart ?

Je n'abandonnais pas.

— Wolfgang Amadeus, répondit monsieur Pigeon.

— Amadeus fera l'affaire, dis-je. N'est-ce pas un nom formidable ?

— Amadeus, prononça monsieur Pigeon en regardant le petit chien.

Puis, il le répéta à plusieurs reprises avec de plus en plus d'assurance.

J'aimerais pouvoir dire que le chiot réagit immédiatement ou aboya. En fait, il se coucha et s'endormit.

N'empêche que le problème était réglé. C'était un nom parfait.

Je dis au revoir à monsieur Pigeon et à Amadeus après m'être assurée que le souper était prêt.

Lorsque je montai dans ma voiture et mis le moteur en marche, quelque chose attira mon attention.

Trois cœurs rouges étaient collés sur le pare-brise.

P

OURQUOI A-T-ELLE FAIT ÇA?

POURQUOI EST-ELLE VENUE À L'UNIVERSITÉ AVEC UN AUTRE ALORS QUE JE LUI AVAIS DEMANDÉ DE VENIR SEULE?

CROYAIT-ELLE SINCÈREMENT QUE JE N'EN SAURAIS RIEN?

POURQUOI NE VOIT-ELLE PAS LA VÉRITÉ? POURQUOI NE SE REND-ELLE PAS COMPTE QU'IL N'EST QU'UN IMPOSTEUR ET QUE C'EST MOI QUI AI BESOIN D'ELLE ET QUI L'AIME?

JE DEVRAI LUI OUVRIR LES YEUX.

Chapitre 16

D'abord, je pris peur en voyant les cœurs sur le pare-brise. Puis je devins furieuse.

De quel droit ce garçon me suivait-il partout? Qu'est-ce qui lui faisait croire qu'il pouvait s'imposer dans ma vie?

J'allais le trouver. Je ne savais pas comment, mais je le trouverais et alors, je lui dirais ses quatre vérités.

Je roulai jusque chez moi dans un accès de colère; c'est à peine si je m'arrêtai aux feux rouges. La voiture de mon père n'était pas dans l'allée, mais il était encore tôt.

En descendant de la voiture, j'enlevai les cœurs sur le pare-brise en grattant. Si ce salaud m'espionnait, il verrait ce que je pensais de ses décorations. Je remontai l'allée à pas lourds, contournai les arbustes et marchai jusqu'à la porte de devant pour aller chercher le courrier. À cet instant, mon humeur changea radicalement.

Il y avait une enveloppe dans la boîte aux lettres. Mon prénom y apparaissait en lettres majuscules.

Je connaissais cette écriture.

J'ouvris l'enveloppe. J'espérais y découvrir un indice, quelque chose qui me mènerait à lui.

Deux photos en couleurs se trouvaient à l'intérieur et deux personnes que je connaissais bien y figuraient.

L'une d'elles était Marius.

L'autre, Noémie.

Ils étaient assis à une table de la bibliothèque de l'université. Noémie avait tiré sa chaise tout près de celle de Marius et ils regardaient un livre.

Comme c'était mignon! Sur l'une des photos, Noémie avait posé sa main sur la nuque de Marius.

De toute évidence, il n'avait pas perdu de temps.

Un instant! Je présumais que ces photos avaient été prises ce jour-là. Peut-être dataient-elles de plus longtemps. J'étudiai les photographies avec attention. Marius portait la chemise que sa mère lui avait acheté le week-end précédent. Nul doute, c'était récent. Après tout, il y avait beaucoup d'endroits à proximité où l'on pouvait faire développer une pellicule en une heure.

J'étais tellement concentrée sur les photos que, durant un instant, j'en oubliai la note qui les accompagnait.

CAMILLE,

POURQUOI N'ES-TU PAS VENUE SEULE À LA BIBLIOTHÈQUE? POURQUOI ÊTRE VENUE AVEC LUI, PLUTÔT QUE DE M'AVOIR RENCONTRÉ SEULE? IL NE TIENT PAS À TOI, PAS AUTANT QUE MOI, EN TOUT CAS.

CE MOMENT NOUS ÉTAIT RÉSERVÉ.

JE T'AI FAIT CONFIANCE, MAIS TU M'AS TRAHI.

POURQUOI?

QUE DOIS-JE FAIRE POUR TE PROUVER QUE JE MÉRITE TON ESTIME?

DE QUELLE PREUVE AS-TU DONC BESOIN?

J'étais bouleversée. J'aurais voulu lui dire de mettre fin à ce petit jeu qui allait me rendre folle. Lui dire de venir frapper à ma porte comme un être humain normal et de me parler en face. Lui dire de ne pas m'envoyer de photos que je n'avais aucune envie de voir.

Pourtant, je ne pouvais m'empêcher de les regarder.

Marius et Noémie. Merveilleux.

Je me dirigeai vers l'arrière de la maison et vérifiai s'il y avait d'autres cœurs sur la porte. Une fois entrée, j'ouvris le réfrigérateur et préparai le souper: des poitrines de poulet, une salade et des pommes de terre en purée.

Lorsque mon père me demanda ce qui nous valait ce repas copieux, je n'eus pas envie de lui expliquer que j'avais voulu me défouler en attendrissant la viande, en déchiquetant la laitue, en hachant les tomates et les poivrons et en préparant la purée de pommes de terre sans batteur électrique.

— Quand la soirée de remise des diplômes aura-t-elle lieu? me demanda-t-il pour rompre le silence.

— Dans dix jours, marmonnai-je après y avoir réfléchi.

Moi qui attendais ce jour depuis si longtemps, j'avais du mal à me rappeler quand ça aurait lieu.

— Je serai là, annonça mon père fièrement. Tu sais que je ne manquerais jamais ça.

Il se leva et sourit.

— C'était délicieux.

Je rangeai la cuisine et emplis le lave-vaisselle. Mon cerveau semblait sur le point d'éclater. Si j'avais tout raconté à mon père, il ne serait pas parti pour la Californie. Ce n'est pas ce que je souhaitais. Et si rien ne se passait? Je me sentirais idiote d'avoir nui à son travail.

Le plus curieux dans tout ça, c'était de ne plus avoir Marius à mes côtés.

Cette fois, je ne pourrais compter que sur moi.

Et il faudrait que ce soit suffisant.

Chapitre 17

Le lendemain, je ne vis pas Marius avant le cours de physique. Je m'assis à côté de lui et monsieur Clément commença immédiatement la révision en vue de l'examen. Je fouillai dans mon sac à dos, en retirai les photos de Marius et Noémie et les jetai sur le pupitre devant Marius. Puis, j'ouvris mon cahier de notes et fis mine de m'intéresser aux calculs de monsieur Clément.

Je vis Marius s'emparer des photos et les examiner avec attention.

— Où les as-tu eues? murmura-t-il.

— D'après toi? sifflai-je.

— Camille, je suis sérieux.

— Moi aussi. Elles étaient dans ma boîte aux lettres accompagnées d'une note.

Je sortis la note de mon sac et la remis à Marius.

— C'est assez, dit-il d'une voix tendue.

— Qu'est-ce qu'il y a? demandai-je. Tu ne trouves pas que Noémie est photogénique?

— Excusez-moi, Camille et Marius. Est-ce que je vous dérange?

Monsieur Clément. Nous l'avions complètement oublié.

— C'est à nous de nous excuser, monsieur Clément. Il y a urgence. Nous devons partir.

Marius se leva, ramassa ses livres et me saisit la main.

— Nous vous apporterons un billet, marmonna Marius.

Un billet? De qui? De ce cinglé qui m'espionnait?

— Viens, dit Marius d'un ton autoritaire.

Je ne croyais pas que c'était une bonne idée, mais je n'avais pas envie d'en discuter devant toute la classe.

Nous nous sommes retrouvés dans le corridor.

— Ça t'ennuierait de m'expliquer ce qui se passe? demandai-je.

Marius marchait rapidement et je dus hâter le pas pour le rejoindre.

— J'en ai assez, dit-il durement. Nous allons au poste de police.

— Marius, nous n'allons pas au poste de police.

— Oh! si, nous y allons!

— Tu crois que tes droits ont été violés parce qu'on t'a photographié avec ta précieuse Noémie?

— Éclaircissons ce point dès maintenant, Camille, dit Marius d'un ton glacial. Ceci n'a *rien* à voir avec Noémie. Je ne te dois pas d'explica-

131

tion, mais je vais t'en donner une.

Nous nous trouvions maintenant dans le stationnement et marchions vers sa voiture.

— Je suis allé à la bibliothèque pour revoir mon discours. Noémie se trouvait là aussi.

— Quelle coïncidence !

— Je l'ai aidée à résoudre un problème de physique, puis je lui ai demandé de me laisser seul afin de pouvoir travailler. Elle est partie.

— Bien sûr, dis-je.

— C'est la vérité, que tu me croies ou non.

— Alors, ces photos...

— De toute évidence, quelqu'un m'épiait et m'a photographié pendant ces quelques minutes passées avec Noémie.

— Ça me donne la chair de poule.

— Voilà pourquoi nous allons au poste de police.

— Marius, moi aussi je veux que ça cesse, mais je ne crois pas que la police nous prendra au sérieux.

— Nous sommes des citoyens respectueux des lois et quelqu'un nous harcèle.

— Mais quelle loi cette personne a-t-elle violée ? demandai-je.

— C'est ce que je veux savoir.

— Puis-je vous aider ? demanda un policier derrière le comptoir.

— Nous avons un problème, commença Marius poliment.

— La clinique des jeunes, c'est à un pâté de maisons d'ici, répondit le policier avec un petit sourire narquois.

Je regardai le policier, incrédule. Il n'avait pas la moindre idée de ce qui nous amenait et se permettait de faire des commentaires insidieux à propos de notre vie sexuelle.

Même Marius ne le trouva pas amusant.

— Ce n'est pas du tout ce que nous cherchons.

— C'est une blague, dit le policier. Rien qu'une blague.

— Allons-nous-en.

Je saisis le bras de Marius et le tirai vers la porte.

— Qu'est-ce qui ne va pas? demanda alors le policier.

— Nous sommes suivis.

— C'est vrai? Et comment le savez-vous?

— Il laisse des notes et d'autres indices, répondit Marius.

— Comment savez-vous qu'il s'agit d'un homme? Avez-vous vu cette personne?

— Non, mais de toute évidence il s'intéresse à Camille.

— Bon. Quelqu'un est amoureux de ta petite amie.

— Quelqu'un la suit et lui écrit des notes lui demandant de le rencontrer. Il me suit également et prend des photographies, continua Marius.

— Comme c'est beau, l'amour ! Moi, j'ai divorcé trois fois. Alors plus rien ne me surprend.

— Pouvons-nous porter plainte ? demanda Marius.

— Est-ce que cette personne vous a menacés, approchés, blessés ou a endommagé vos biens ?

— Pas exactement, répondis-je.

— Alors il n'y a pas lieu de porter plainte, répondit l'officier sans ménagement.

— Que faut-il donc qu'il fasse ?

Marius était furieux.

— Il doit mettre votre vie en danger, répondit le policier d'une voix monotone.

— Tant qu'il se contente de s'ingérer dans ma vie et de me rendre folle, il n'y a rien que vous puissiez faire ? demandai-je.

— C'est à peu près ça.

Le téléphone sonna et il se détourna pour répondre.

Je regardai Marius et secouai la tête. Nous sommes sortis du poste de police et montés dans la voiture de Marius.

— Il faut que nous établissions un plan, dit Marius.

— Marius, il va peut-être laisser tomber. S'il voit que nous sommes ensemble et que les photos n'ont rien changé, il se tournera peut-être vers une autre fille.

— Tu le crois vraiment ? demanda Marius.

— Non, admis-je.

— On doit l'obliger à s'approcher suffisamment pour découvrir de qui il s'agit. Quand s'est-il manifesté pour la dernière fois? demanda Marius. Nous devons tenir une liste de ses activités.

— Marius, je ne sais même pas de qui il s'agit. Comment veux-tu que je sache où il est et ce qu'il fait?

— Il faut être logique.

Marius démarra et roula dans la direction de l'université. Il y avait de magnifiques vieux arbres sur le campus et c'était l'un de nos endroits préférés pour flâner.

— Apporte du papier, me dit Marius en descendant de la voiture.

Je m'emparai de mon sac à dos et le suivis.

Marius s'étendit sur le sol et regarda le ciel.

— Maintenant, il faut que nous dressions une liste des jours, lieux et heures où il s'est manifesté.

C'était étonnamment difficile de nous souvenir exactement de tous ces détails. Mais nous sommes quand même parvenus à le faire.

Marius s'assit et étudia la liste durant plusieurs minutes, très concentré.

Enfin, il me la tendit.

— Bon, dit-il en souriant. J'ai un plan.

SANS ELLE, IL N'Y A AUCUN ESPOIR.

IL N'Y A AUCUNE CHALEUR DANS CE MONDE FROID ET HOSTILE.

IL N'Y A AUCUNE RAISON DE CROIRE QUE LES ÉTOILES SCINTILLERONT DANS LE CIEL ET QUE JE SERAI LÀ POUR LES ADMIRER.

SANS ELLE, JE NE POURRAI PLUS JAMAIS CROIRE QUE L'AMOUR, LA FIDÉLITÉ ET LE BONHEUR EXISTENT.

SANS CAMILLE, MA VIE N'A AUCUN SENS.

ELLE DOIT ME VOIR.

ELLE DOIT ME DONNER UNE RAISON D'ESPÉRER.

ELLE DOIT ME RENDRE LE GOÛT DE VIVRE.

Chapitre 18

— Marius, quel est ton plan ?

— Il n'est pas très élaboré.

Marius paraissait déçu.

— Alors ? dis-je.

— Celui qui te suit sait très bien où te trouver : à l'école, chez toi, chez monsieur Pigeon.

J'avais dû dresser une liste exhaustive pour en arriver à cette conclusion. Ça ne m'impressionnait pas.

— Tout ce que je dois faire, donc, c'est t'observer de loin. Je pourrai le regarder te surveiller et ainsi, nous découvrirons de qui il s'agit.

— C'est tout ? Tu vas m'espionner ? Non seulement j'avais une personne à mes trousses, mais j'en aurai maintenant deux ? Super.

Je roulai les yeux.

— De plus, il sait qui tu es, Marius. S'il te voit, il se rendra compte de ce que tu fais.

— Ne t'en fais pas, dit Marius. J'ai de bons trucs.

J'en étais certaine. Marius ne serait pas content tant qu'il ne se serait pas déguisé ou caché derrière les arbustes.

Il sourit et me prit la main.

— Fais-moi confiance. Je découvrirai de qui il s'agit.

— Et ensuite?

— Ensuite, tu pourras décider ce que tu veux faire.

C'était exactement la réponse que je souhaitais entendre. Je donnai un gros baiser à Marius.

— Je ne me plains pas, mais qu'est-ce qui m'a valu ce baiser? demanda-t-il.

— Tu as reconnu que c'est moi qui ai un problème et que j'ai mon mot à dire dans cette histoire, répondis-je.

— J'espère que tu sais à quel point c'est difficile de réprimer mes impulsions masculines, dit Marius, les yeux pétillants. Après tout, mon plus grand désir est de prendre ce salaud au collet, de lui donner une raclée et de le ramener à tes pieds en morceaux. Tu te laisserais alors tomber dans mes bras, éperdument reconnaissante, et me demanderais ce que tu peux faire pour me remercier.

— Tu as raison, Marius, dis-je en me retenant pour ne pas rire.

Marius est mince et en pleine forme, mais il ne représente pas véritablement une menace pour Stallone ou Schwarzenegger.

— Mais par égard pour toi, je te l'amènerai vivant et entier, continua Marius.

Puis sa voix devint plus sérieuse.

— Je veux uniquement m'assurer qu'il n'est pas dangereux. Je veux que tu aies la chance de faire ce que tu as envie de faire avec lui: lui parler, lui demander de te laisser tranquille, l'épouser.

— Je n'ai pas l'intention de l'épouser, Marius.

— Quel soulagement! s'exclama Marius en faisant mine de s'éponger le front. Écoute, j'ai une autre idée qui pourrait accélérer les choses. Ça l'encouragerait peut-être à entrer en contact avec toi s'il croyait que nous ne sortons plus ensemble.

Je n'étais pas enchantée de cette idée, mais ça avait du sens.

Tout à coup, un sentiment étrange m'envahit.

— Marius, et s'il nous observait en ce moment?

Marius et moi nous sommes éloignés l'un de l'autre. Chaque garçon qui passait sur le trottoir était maintenant suspect.

— Nous avons tout gâché en nous embrassant, marmonna Marius. Et si tu me giflais?

C'était une offre alléchante, mais je songeai à quelque chose d'encore plus tentant.

— Non. Si nous devons nous quereller, c'est peut-être la dernière fois que j'ai l'occasion de faire ceci, dis-je.

J'embrassai Marius jusqu'à ce que ses lunettes

fussent complètement embuées. Il coopéra pleinement.

— Comme je suis désolée d'avoir à te détester, dis-je tout bas.

Nous nous sommes embrassés de nouveau, puis avons planifié le moment et le lieu de notre rupture.

La vie est quelquefois étrange.

Malgré tout, en cette journée chaude du début de juin, alors que le soleil brillait au-dessus de nos têtes, nous avons ri, plaisanté et comploté.

Après tout, ce n'était qu'un jeu.

Non?

Chapitre 19

Nous avons décidé de rendre visite à monsieur Pigeon tandis que nous étions encore ensemble. À notre arrivée, il s'affairait dans la cuisine en se plaignant toutefois du manque de viande rouge dans son réfrigérateur. J'interprétai cela comme un bon signe. S'il avait faim, c'est qu'il était presque rétabli.

Marius et moi avons amené Amadeus faire une promenade dans le parc. En fait, nous l'avons laissé s'ébattre. Nous voulions qu'il joue, comme tous les chiots de son âge. Ça le changerait de la discipline que lui imposait monsieur Pigeon.

Marius lui enleva sa laisse et se mit à courir; Amadeus bondit derrière lui en jappant.

Au bout de quelques minutes, Marius, légèrement essoufflé, saisit le chiot, lui couvrit les yeux et me fit signe.

— Cache-toi, chuchota-t-il. Voyons si ce chien a des aptitudes de chien policier.

— Marius, ce n'est qu'un chiot. Il n'a rien d'un limier.

— Nous ne le saurons que lorsque nous aurons essayé. Tu veux bien aller te cacher?

— Bon, très bien. Tu veux te débarrasser de moi, n'est-ce pas? Ça prendra une semaine avant qu'Amadeus me trouve.

Je m'éloignai de quelques mètres et m'appuyai contre un immense chêne.

— Amadeus, trouve Camille, entendis-je Marius dire au chiot.

Je regardai à temps pour voir Amadeus bondir et mordiller le derrière de Marius.

— Non, Amadeus. Trouve Camille.

L'ennui, c'est que le chiot était parti dans la mauvaise direction et qu'il pourchassait une feuille qui tourbillonnait dans le vent. Marius prit le chiot dans ses bras et lui parla sérieusement.

— Non, Amadeus. Trouve Camille.

Cette fois, le chiot vint vers moi. Bien entendu, il changea de direction sept ou huit fois avant de me trouver. Même si j'étais persuadée que c'était de la chance, je le félicitai avec enthousiasme.

Au quatrième essai, Marius était parvenu à me convaincre qu'Amadeus avait peut-être un tout petit peu de sang de chien policier. Bien sûr, c'était probablement dû au fait que j'avais découvert des bonbons à la menthe dans ma poche et que je lui en donnais chaque fois qu'il me trouvait.

En rentrant chez monsieur Pigeon, nous avons

entendu une voix. Aucun doute possible, c'était Anna.

— Auguste, il faudrait ajouter un soupçon de romarin. Je prépare le poulet de cette façon depuis des années et tout le monde en raffole. Pourquoi ne tirez-vous pas avantage de mes connaissances en cuisine, tout comme je pourrais profiter des vôtres dans d'autres domaines?

— Et qu'est-ce que vous considérez comme mon domaine? Vous ne vous gênez pas pour critiquer chacun de mes gestes.

— En tout cas, ce n'est certainement pas la psychologie canine, répondit Anna en riant de bon cœur.

À cet instant, Amadeus nous précéda dans la cuisine et se dirigea tout droit vers son bol d'eau qu'il vida en un rien de temps. Puis il alla se coucher dans un coin de la cuisine.

— Auguste, mais que faites-vous donc avec ce brocoli?

Marius et moi avons salué monsieur Pigeon et Anna et sommes sortis en vitesse.

Marius me raccompagna chez moi. Nous sommes descendus de la voiture et sommes entrés dans la maison. C'était maintenant devenu une habitude de regarder s'il y avait des cœurs sur la porte.

Une note de mon père m'attendait sur la table de la cuisine.

Camille,

En partant pour la Californie cet après-midi, je serai de retour à temps pour la soirée de remise des diplômes. N'as-tu pas besoin d'une robe pour ce grand jour ? J'ai laissé de l'argent sous le sucrier. Je serai revenu pour assister à cette soirée mémorable.

Je t'embrasse,
Papa

J'étais stupéfaite. Alors que je le croyais totalement absorbé par son travail, mon père s'était rappelé qu'il me fallait une robe. Même moi, je n'y avais pas pensé! Je regardai sous le sucrier. Il avait laissé cent dollars. Il faudrait que j'aille courir les magasins. Je détestais ça. En fait, je détestais également les robes.

Marius resta à souper. Puis nous avons étudié en vue de nos examens.

C'est vrai. Nous avons bel et bien étudié.

Enfin... la plupart du temps.

Chapitre 20

Marius voulait rompre à l'école à l'heure du dîner devant des centaines d'élèves. Il m'avait même demandé de choisir des spaghettis et de lui lancer mon assiette.

Je refusai. Bien qu'il ne restât que quelques jours d'école, je ne voulais pas me donner en spectacle.

Nous avons donc décidé de nous disputer dans le stationnement de l'école et devant chez moi.

En sortant de l'école, je commençai à crier après Marius.

— J'en ai assez de ton attitude. Qu'est-ce qui te fait croire que tu peux tout décider?

— Qu'est-ce qui te rend si têtue, arrogante et insensible? me cria Marius à son tour.

— Qu'est-ce qui te fait croire que j'ai besoin de toi ou de quiconque? demandai-je en m'éloignant de lui d'un pas lourd.

— Reviens ici, ordonna Marius. Comment vas-tu rentrer?

— Je vais marcher, répondis-je tout en espérant qu'il ne me prendrait pas au mot.

Inutile de dire que tous ceux qui se trouvaient à proximité observaient la scène avec attention. J'espérais de tout cœur que mon admirateur était également témoin de notre querelle.

— Nous allons poursuivre cette discussion en rentrant, dit Marius avec fermeté.

— Très bien, dis-je en montant dans la voiture et en claquant la portière.

Marius démarra et tenta de faire crisser les pneus de Dinosaure en quittant le stationnement, mais en vain.

Une fois hors de vue, je m'adossai à la banquette, épuisée.

— C'était plutôt amusant, n'est-ce pas? dit Marius.

— Amusant? Ça t'a fait plaisir de me traiter d'arrogante et de têtue?

— Camille, calme-toi. Ne déclenche pas une vraie querelle.

Le deuxième round se joua chez moi, dans l'allée.

Je descendis et claquai la portière.

— Ça suffit, Marius. J'en ai assez de toi. Laisse-moi tranquille, tu entends? Sors de ma vie!

Je me précipitai vers la porte. Marius partit, comme prévu. Je montai dans ma chambre, enfilai un short et un t-shirt et me promenai d'un pas nonchalant dans la maison silencieuse.

N'ayant pas envie d'étudier, de préparer le souper ni de rester à la maison, je saisis les clés de ma voiture et me dirigeai vers le centre commercial.

Je n'avais pas dit à Marius que j'irais peut-être faire des courses. De toute façon, il ne commencerait à guetter l'espion que ce soir. Il ne pouvait rien m'arriver en plein jour au centre commercial.

Je dus regarder deux cents robes blanches cet après-midi-là. Certaines étaient garnies d'un jabot de dentelle ou de faux diamants. Je refusai de les toucher, encore moins de les essayer.

Non pas que je détestais les tenues féminines, bien que les jeans, les chandails à col roulé et les t-shirts amples fussent mes vêtements préférés. Je n'avais aucune envie d'exhiber mon corps dans le but d'être provocante ou tape-à-l'œil, c'est tout.

Cette pensée me troubla encore davantage. Pourquoi ce garçon me suivait-il ? Pourquoi n'avait-il pas choisi l'une de ces filles aux cheveux crêpés qui portaient des minijupes et des t-shirts moulants ?

Bon. Il me fallait trouver une robe. D'habitude, ça ne me dérangeait pas tellement de ne pas avoir d'amie intime, mais à cet instant précis, j'aurais voulu avoir quelqu'un pour me conseiller.

J'achetai finalement une robe dans la dernière boutique où j'entrai. Je ne l'aimais pas vraiment, mais elle ne me déplaisait pas non plus, ce qui était déjà beaucoup. Elle était blanche rayée de pêche et taillée dans un tissu qui avait l'aspect du lin. Son encolure carrée et ses boutons de nacre étaient sobres et elle coûtait 99,99 $. Voilà. Que pouvais-je demander de plus?

Je payai et rentrai chez moi.

Il fallait que j'étudie.

En approchant de la maison, je n'aperçus aucun individu suspect. Ou bien Marius n'était pas encore de service, ou bien il était plus rusé que je ne l'avais imaginé.

Chapitre 21

Le lendemain, je trouvai très difficile de ne pas demander à Marius où il s'était caché et s'il avait vu quelque chose. Je savais toutefois qu'il n'avait pas découvert de qui il s'agissait, car il ne me regarda pas une seule fois.

Durant le cours de physique, Noémie nous observa, le sourire aux lèvres.

De son côté, monsieur Clément oublia de nous demander un billet motivant notre absence.

Bien que l'examen fût assez facile, je le terminai juste avant la sonnerie. Marius, qui avait fini depuis une demi-heure, réussit à glisser une feuille de papier pliée dans mon sac à dos. Puis il partit dans une direction et moi, dans l'autre.

Je lus la feuille tout en marchant.

Discours d'adieu, brouillon 2

Aujourd'hui, à l'aube de notre vie adulte, diplôme en main, nous nous trouvons face à un monde en plein désarroi. Ceux qui étaient là avant nous nous ont laissé en héritage une foule de problèmes qu'il nous faudra résoudre. Ce soir, j'aimerais que nous nous attardions sur les défis que nous devrons relever.

Nous devrons :

préserver les forêts tropicales ;

réparer le trou dans la couche d'ozone ;

acheter des produits non testés sur des animaux ;

sauver les baleines ;

faire cesser les essais nucléaires ;

recycler ;

surveiller notre taux de cholestérol ;

économiser l'énergie ;

utiliser un chiffon au lieu d'un essuie-tout en papier ;

réduire notre consommation de viande rouge ;

retrouver les enfants dont la photo apparaît sur les contenants de lait ;

éliminer la brutalité chez les policiers ;

boycotter les compagnies de thon qui tuent les dauphins ;

diminuer les impôts ;

venir en aide aux sans-abri ;

prévenir les agressions sexuelles ;

lutter contre le racisme ;

utiliser du papier hygiénique sans teinture ;

encourager l'emploi du condom ;

supprimer la censure ;

écouter de la musique à un volume raisonnable ;

boucler notre ceinture de sécurité ;

réaliser un vaccin contre le sida ;

prendre soin de nos parents âgés ;

et bien sûr, la dernière chose mais non la moindre,

dire non.

Je ne sais pas comment vous vous sentez, mais moi, je suis déjà exténué.

Alors foncez dans cette vie en vous rappelant que la remise des diplômes n'est pas une fin, mais un commencement.

Bonne chance.

Nous en aurons tous besoin.

Marius me téléphona quelques minutes après mon arrivée à la maison.

— Qu'est-ce que tu penses de mon discours ? demanda-t-il.

— Je l'ai adoré, dis-je en riant.

— Non, sérieusement.

— C'est vrai. Je crois qu'il est fantastique. Il aborde un grand nombre de sujets importants et il est bref.

— Tu crois que je devrais le prononcer ?

— Bien sûr que tu devrais ! Dis-moi, que s'est-il passé hier soir ? demandai-je.

— Rien. J'ai fait le guet et...

— Et ?

— Tu habites un quartier très ennuyeux.

— Alors, tu n'as pas aperçu celui qui me suit ?

— Laisse-moi du temps, dit Marius.

— Est-ce que Noémie t'a déjà téléphoné ? demandai-je.

— Oui, avoua Marius. Si je n'étais pas aussi honnête, je serais déjà sorti avec elle.

— Bon. Avec qui veux-tu que je sorte ?

— Tu connais un garçon qui veut devenir prêtre ?

— Ce n'est pas juste. Noémie n'est pas exactement du genre à entrer au couvent.

— Je ferais mieux d'aller me préparer.

— Quel est ton plan ? demandai-je.

— Secret professionnel. N'oublie pas : tu tournes à gauche en sortant de chez toi et tu parcours deux pâtés de maisons. À dix-huit heures trente.

Sur ce, il raccrocha.

J'allai faire une promenade à l'heure prévue. Je ne croisai qu'une vieille dame et son épagneul ainsi que quelques enfants du voisinage.

Marius devait bien se cacher, car je ne l'aperçus pas.

J'espérais qu'il me rappellerait, mais il n'en fit rien.

Seul mon père téléphona pour s'assurer que la remise des diplômes débutait bel et bien à dix-neuf heures trente. Je lui dis que je m'étais acheté une robe et le remerciai.

Il ne me restait plus que trois examens à passer. Ensuite, nous aurions deux jours de congé durant

lesquels les professeurs calculeraient les notes.
Puis ce serait la remise des diplômes.

Je quitterais la polyvalente pour toujours.

Tant mieux.

Eᴌᴌᴇ A COMMIS UNE GRAVE ERREUR.

ME PREND-ELLE POUR UN IDIOT?

CROIT-ELLE QUE JE N'AI PAS REMAR-QUÉ SON COPAIN, CET IMBÉCILE QUI ESSAIE DE DÉCOUVRIR QUI JE SUIS?

POURQUOI NE COMPREND-ELLE PAS QUE JE NE VEUX QUE CE QUI DOIT ARRIVER?

IL FAUDRA QUE JE LE LUI MONTRE.

TRÈS BIENTÔT, IL FAUDRA QUE JE LE LUI MONTRE.

Chapitre 22

C'était le jour de la remise des diplômes.

Que Marius soit d'accord ou non, j'avais pris ma décision. C'était terminé. Le plan avait échoué.

J'en avais assez de ne pas voir Marius. À l'école, j'avais dû faire semblant de le haïr et regarder Noémie lui tourner autour.

De plus, il n'y avait plus eu de cœurs, de notes ni de fleurs depuis des jours et des jours. Peut-être avait-il laissé tomber. Peut-être était-il parti.

En fait, je lui en voulais encore plus que d'habitude. S'il avait l'intention de me laisser tranquille désormais, pourquoi n'avait-il pas eu la politesse de me le dire afin que je cesse de m'inquiéter ? Une dernière note aurait été appréciée : *Chère Camille, je te laisse tomber pour une blonde aux longues jambes et aux cheveux crêpés. Désolé.*

J'aurais fêté ça.

Mais j'allais célébrer de toute façon. Je téléphonerais à Marius et lui demanderais de venir me chercher pour aller à la répétition de la remise des diplômes qui aurait lieu à treize heures.

Je m'étirai et jetai un coup d'œil au réveil. Il était déjà dix heures. La répétition étant prévue à treize heures, j'aurais le temps de prendre une douche, de déjeuner et d'appeler Marius.

J'avais dormi vêtue d'un très grand t-shirt et d'un boxer blanc. J'adore ces t-shirts qui descendent jusqu'aux genoux. Ils sont immenses, amples et pas trop chauds en été.

Je me dirigeai vers la salle de bains et tendis la main pour m'emparer de ma brosse à dents. Cependant, ma main s'immobilisa avant de l'avoir atteinte.

Un cœur rouge était collé sur le miroir.

Je fermai les yeux et les frottai, le cœur battant. J'avais dû avoir une hallucination. Il ne serait plus là lorsque je regarderais de nouveau. C'était impossible.

Il y était.

Un cœur rouge était collé au beau milieu de la glace. J'étirai le bras pour le toucher, comme hypnotisée, et en effleurai la surface.

Il y avait un cœur rouge sur le miroir de la salle de bains.

Il ne s'y trouvait pas la veille. Je l'aurais remarqué, non?

Bien sûr.

Peut-être mon père était-il rentré durant la nuit et avait-il collé ce cœur.

Mon père était en Californie.

Je ne pouvais en tirer qu'une conclusion, celle que j'avais désespérément refusé d'envisager.

Il était venu ici, dans ma maison, dans ma salle de bains.

Quand?

Était-il toujours là?

Je prêtai l'oreille avec plus d'attention que je l'avais jamais fait de ma vie, figée sur place, comme si je n'allais plus jamais bouger. Peut-être que si je demeurais immobile, sans respirer, il ne saurait pas que j'étais là.

Peut-être était-il déjà parti.

Sinon, il partirait peut-être.

Non. C'est moi qui allais me sauver. J'eus soudain la certitude qu'il me fallait sortir de la maison. Je ne pouvais pas rester plantée là dans la salle de bains. S'il était parti, je devais découvrir comment il était entré et l'empêcher de recommencer. S'il se trouvait encore dans la maison, je devais le fuir.

Il fallait que je me rende au poste de police.

Non, chez Marius d'abord. Ensuite, j'irais au poste de police.

Le téléphone était dans le couloir. Je pouvais téléphoner à Marius. Ou composer 9-1-1. Ensuite, je me barricaderais dans ma chambre et attendrais qu'on vienne à mon secours.

Ou bien je pouvais courir à toutes jambes, m'éloigner de ce cœur rouge et après, appeler à l'aide.

Tout tourbillonnait dans ma tête. Téléphoner. Courir. Les cœurs rouges.

Puis j'entendis un bruit. On aurait dit que quelqu'un marchait dans l'escalier. La troisième marche du bas craquait toujours. Voilà ce que j'avais cru entendre.

J'eus une inspiration subite. Parfois, quand Marius et moi bavardions au téléphone et que je ne voulais pas que mon père m'entende, j'apportais l'appareil dans ma chambre. Le cordon de raccordement était juste assez long pour que je puisse me coucher par terre dans ma chambre et parler en toute intimité. C'est ce que j'allais faire. J'apporterais le téléphone dans ma chambre, barricaderais la porte avec mon bureau et appellerais ensuite la police et Marius.

Maintenant, il ne me restait plus qu'à convaincre mes pieds de bouger. S'il était dans l'escalier, il me verrait. Il n'y avait aucun moyen de l'éviter. Néanmoins, tout ce que j'avais à faire, c'était de me précipiter sur le téléphone, de bondir dans ma chambre et de claquer la porte.

Mais que se passerait-il s'il n'était pas là et que j'alertais la police pour rien? Tant pis. Au moins, les policiers pourraient faire le tour de la maison et découvrir comment il était entré.

Il fallait que j'agisse. Je remuai les orteils pour m'assurer que mon corps était encore capable de bouger.

Je pris trois profondes inspirations et me ruai

sur le téléphone. Je sortis de la salle de bains en trombe, sans regarder vers l'escalier, et concentrai toute mon attention sur l'appareil posé sur le guéridon en bois. Je m'emparai du téléphone d'une main tremblante, les yeux déjà rivés sur la porte ouverte de ma chambre.

Je m'étais élancée vers ma chambre et me préparais à en refermer la porte lorsque je pris conscience de deux faits. D'abord, le cordon du téléphone n'avait offert aucune résistance lorsque j'avais pénétré dans la pièce. Quand je baissai les yeux, désespérée, je compris pourquoi.

Le cordon avait été coupé.

Puis je vis une silhouette bouger dans ma chambre.

Quelqu'un se tenait là, debout à côté de mon lit, devant la fenêtre.

Je laissai tomber le téléphone et me dirigeai vers l'escalier.

Il n'était pas question que je reste là. Je dévalai l'escalier et me précipitai vers la porte de devant.

La chaîne de porte, le pêne, le verrou de la poignée... Ils étaient tous mis. Je les tripotai maladroitement.

— Camille, attends.

J'entendis une voix calme derrière moi et des pas lents dans l'escalier.

«Ne regarde pas. N'écoute pas. Ouvre cette porte et sors d'ici.»

J'enlevai la chaîne et tournai le pêne.

— Ne te sauve pas, Camille. Il faut que nous parlions.

« Bien sûr. Tu t'introduis chez moi, tu me fais une peur bleue et tu veux bavarder ? Eh bien ! bavarde si tu veux, mais moi, je déguerpis. »

Mes doigts tremblants tournèrent le verrou de la poignée et j'ouvris la porte en tirant de toutes mes forces de crainte qu'elle ne résiste.

Je criai presque de soulagement quand elle s'ouvrit.

— Tu ne peux pas m'échapper, Camille, dit la même voix calme qui, cette fois, venait de beaucoup plus près.

« Ah ! non ? Regarde-moi bien », pensai-je.

Je franchis la porte.

Le monde extérieur donnait l'illusion d'être normal. Le ciel était ensoleillé et les oiseaux chantaient lorsque mes pieds nus touchèrent les marches chaudes. Je m'enfuis en courant. Je ne savais pas où j'allais, mais je voulais me retrouver aussi loin que possible de la maison.

Suffisamment loin pour obtenir de l'aide.

Suffisamment loin pour trouver un téléphone.

Il devait bien y avoir quelqu'un qui était à la maison. On me laisserait entrer et verrouillerait la porte derrière moi. Je regardai avec regret ma voiture garée dans l'allée. Bien entendu, je n'avais pas mes clés.

Bon. Je trouverais un autre moyen.

Je traversai la pelouse en courant et me dirigeai

vers la maison voisine en tentant désespérément de réfléchir: y aurait-il quelqu'un? Non. Ils travaillaient tous les deux et partaient presque à la même heure que moi quand j'allais à l'école. Je passai devant chez eux à toute allure et courus vers la maison suivante. Je me frayai un chemin à travers les arbustes délimitant leur propriété et remarquai à peine les épines qui m'égratignèrent.

Une voiture était garée dans l'allée. Je me ruai vers la porte de devant et la martelai à coups de poing; puis, je cherchai une sonnette, trouvai un bouton et appuyai dessus avec insistance.

Malgré le boucan que je faisais, j'entendis des pas qui couraient. Ils s'arrêtèrent lorsque je me retournai, le doigt toujours sur la sonnette.

Il mesurait environ un mètre quatre-vingts, avait les cheveux brun foncé courts et portait un jean et un t-shirt noir. En fait, loin d'être défiguré, il était assez séduisant et n'avait pas l'air d'un cinglé.

Pourtant, il était entré chez moi.

Il avait coupé le cordon du téléphone.

— Camille, tu ne peux pas m'échapper.

Je dégringolai l'escalier, non sans avoir donné un dernier coup dans la porte en signe de frustration. Cette fois, je courus vers la cour arrière et cherchai désespérément un endroit où me cacher. Mon cœur battait si fort dans ma poitrine que j'eus peur de faire une crise cardiaque.

Monsieur Pigeon. Peut-être que je pourrais courir jusque chez lui. Il serait là ou dehors avec

Amadeus. D'une façon ou d'une autre, il pourrait m'aider.

Puis, malgré ma panique, je réussis à faire preuve de logique. Monsieur Pigeon habitait à une dizaine de kilomètres de chez moi. Je me rappelai que j'étais toujours épuisée après avoir couru deux kilomètres en éducation physique. Comment pourrais-je en parcourir douze?

J'étais trop effrayée pour me retourner. Je poursuivis ma course en maudissant mes voisins d'avoir des cours si bien rangées et en jurant contre eux parce qu'ils n'étaient pas là ou ne me voyaient pas courir à toutes jambes avec un fou à mes trousses.

J'avais atteint la rue suivante lorsque j'entendis sa voix de nouveau.

— Camille, ça ne marchera pas. Arrête-toi et viens me parler.

Il ne semblait même pas essoufflé tandis que je haletais et respirais difficilement. Je courus jusqu'au milieu de la rue en me moquant bien qu'il puisse me voir. Nous étions en plein cœur de la matinée et nous trouvions dans un quartier de banlieue. Il y aurait bien des voitures qui passeraient. Lorsque j'en apercevrais une, je me jetterais devant pour qu'elle s'arrête.

Je continuai ma course dans la rue, les pieds meurtris par la chaussée, les pierres et les éclats de verre. Je ne ressentais qu'une vague douleur. De l'air! J'avais besoin de respirer. Il fallait que j'arrête de courir.

Mais je ne pouvais pas.

— Camille, l'entendis-je prononcer.

Je virevoltai et constatai qu'il n'était plus qu'à deux mètres de moi. Il ne paraissait même pas fournir d'effort; on aurait dit qu'il s'amusait avec moi en me gardant à sa portée.

Une explosion de colère se produisit en moi. Je promenai mon regard autour de moi à la recherche d'une voiture, mais n'en vis aucune. Je m'élançai vers une autre maison.

Je laissai échapper un sanglot tout en frappant à grands coups dans la porte. Je descendis ensuite l'escalier en trébuchant et fonçai vers la cour arrière, où j'aperçus un garage.

Je me ruai sur la porte et tournai la poignée.

La porte s'ouvrit. En bénissant le propriétaire qui était assez confiant ou négligeant pour ne pas verrouiller la porte de son garage, je bondis à l'intérieur.

Si je ne pouvais pas m'y cacher, j'y trouverais peut-être une arme, quelque chose qui me permettrait de le garder à distance.

Il n'y avait pas de voiture dans le garage. Le plus gros objet que je repérai était une tondeuse.

Des outils de jardinage, des tournevis et des rallonges électriques étaient accrochés à un panneau alvéolé.

Une pelle était appuyée dans un coin. En sanglotant de peur et de frustration, je tendis la main pour m'en emparer. Au moment où ma main se refermait sur le manche en bois, il entra.

Sa main se resserra autour de la mienne et je sentis son souffle chaud contre ma joue mouillée de larmes.

— Bon travail, Camille. Nous y sommes presque.

J'étais à bout de force ; mes poumons me faisaient mal et mes jambes tremblaient. Je ne croyais pas pouvoir courir de nouveau.

Je tentai plutôt de libérer ma main d'une secousse, de saisir la pelle et de le frapper. Il m'agrippa le poignet et, cette fois, serra assez fort pour me faire mal.

— Viens avec moi, Camille. Tu n'as pas le choix.

Je refusai de bouger. Plus longtemps je resterais là, plus j'aurais le temps de préparer une autre offensive. De plus, peut-être qu'on viendrait. Le propriétaire de ce garage arriverait peut-être d'un instant à l'autre.

— Nous y sommes presque, murmura-t-il. Viens avec moi.

Il ne lâcha pas mon poignet, mais le tira derrière mon dos. J'avais mal dès que je tentais de me dégager.

Il me traîna presque hors du garage et dans la cour arrière. Dès que l'on fut à l'extérieur, j'appelai à l'aide.

— L'avantage d'habiter la banlieue, dit-il sur le

ton de la conversation, c'est que tout le monde travaille ou s'occupe de ses affaires.

Les oiseaux semblaient imiter mes cris alors que nous traversions une cour après l'autre.

Malgré mes hurlements, il riait bruyamment et joyeusement.

— Ce que tu peux être taquine, s'écria-t-il quand une voiture passa dans la rue.

Ou bien le conducteur était trop loin pour nous entendre, ou bien il nous prit pour des adolescents qui se bousculaient amicalement.

Je perdis le sens de l'orientation tout en criant et en me démenant. Nous devions nous trouver à quatre ou cinq rues de chez moi lorsqu'il m'obligea à franchir la porte arrière d'une petite maison de brique. Le gazon était plus long que chez les voisins et tous les stores étaient baissés.

Il ouvrit la porte et me fit entrer. La porte se referma et je l'entendis mettre le verrou.

— Maintenant, nous pouvons parler, dit-il.

Il devait bien y avoir une autre issue pour sortir d'ici. Dès que j'aurais repris mon souffle, je la trouverais.

En attendant, je jetai un coup d'œil autour de moi. Nous étions dans une cuisine où se trouvaient une petite table en bois et quatre chaises de même qu'un vieux réfrigérateur. Il n'y avait rien sur le comptoir. Quoique propre, la pièce sentait le renfermé. Dans l'embrasure de la porte, je pus apercevoir la salle à manger avec sa grande table et ses chaises de bois au dossier travaillé, à l'ancienne mode. Un bouquet de fleurs en plastique était posé sur la table.

Qui donc habitait ici?

Je m'en voulus de n'avoir fait aucun effort pour connaître les gens qui habitaient le même quartier que nous. Nous étions tellement habitués à déménager constamment que ni mon père ni moi ne nous étions donné la peine de faire connaissance avec nos voisins.

Voilà que je me trouvais à quelques pâtés de maisons de chez moi et que j'ignorais qui demeurait ici. En fait, j'avais l'impression que les propriétaires de cette maison étaient absents depuis longtemps.

Ou peut-être étaient-ils morts.

Chapitre 23

— Allons nous asseoir dans le salon, Camille, dit-il doucement, calmement. Il faut que nous parlions.

«Bien sûr. D'accord. Tu t'introduis chez moi, me poursuis dans tout le voisinage, me force à entrer ici et maintenant, nous allons simplement causer.» Je m'attendais presque à ce qu'il m'offre une tasse de thé.

Néanmoins, je le suivis quand il quitta la cuisine. Je voulais voir toutes les pièces de la maison afin de découvrir la meilleure façon d'en sortir.

Le salon était meublé d'un canapé et d'un fauteuil recouverts du même tissu brun et usé. De petites tables étaient disposées çà et là dans la pièce; un vieux et gros téléviseur était placé dans un coin. Des stores vénitiens poussiéreux couvraient entièrement les fenêtres donnant sur la rue. Enfin, il y avait une lourde porte en bois avec une chaîne de sûreté. Je calculai le temps que je mettrais à atteindre cette porte, à l'ouvrir et à sortir.

Mais que se passerait-il, ensuite? Il me rejoindrait et tout recommencerait. Il me fallait un meilleur plan.

Je regardai autour de moi. Il y avait une lampe sur la table à un bout du canapé et plusieurs oiseaux de porcelaine couverts de poussière. Sur une autre table étaient posés quelques livres.

— Assieds-toi, Camille.

Je m'assis sur le bout du canapé, près de la lampe.

— Je suis désolé que tu aies rendu tout ça aussi pénible.

— Pourquoi fais-tu ça? demandai-je.

— Je te l'ai dit dans mes notes, répondit-il.

J'étudiai son visage. Dans d'autres circonstances, j'aurais pu le trouver beau. Ses dents étaient blanches et droites et son nez, long et un peu busqué. Il avait les yeux brun foncé et ses cheveux étaient épais, bien que coupés ras.

— Je ne comprends toujours pas, dis-je.

— Nous sommes faits pour être ensemble, déclara-t-il.

— Pourquoi? demandai-je. Qu'en sais-tu?

— Je crois que pour chaque personne sur la terre, il existe une autre personne destinée à en être le complément. Tu es cette personne pour moi.

Je retins les premiers mots qui me vinrent à

l'esprit: «As-tu perdu la tête?» Je ne voulais pas le contrarier.

— Comment peux-tu savoir que je suis cette personne? demandai-je plutôt.

— Je l'ai su le jour où je t'ai réellement vue pour la première fois. Je me suis senti soulagé. J'ai cru pour la première fois que, peut-être, je ne vivrais pas dans la solitude pour le reste de ma vie. Tu es celle que j'attendais.

De quoi diable parlait-il? Je pesai mes mots.

— Je ne suis pas certaine d'être celle qu'il te faut.

— Mais oui, protesta-t-il calmement. Tu es parfaite.

Je ris. Ce fut plus fort que moi. Comme j'aurais voulu que Marius soit là pour entendre ça!

J'aurais voulu que Marius soit là, un point, c'est tout.

Je redevins sérieuse et le regardai droit dans les yeux.

— Je ne suis pas parfaite.

— Si, tu l'es. Tu es tout ce que je ne suis pas.

«Saine d'esprit, tu veux dire», pensai-je. Pourtant, j'avais besoin de comprendre.

— Qu'est-ce que je représente pour toi? demandai-je. Que vois-tu en moi?

— Tu es magnifique.

Ça commençait bien, mais j'aurais préféré qu'il me libère plutôt que de me faire des compliments.

— Tu es maîtresse de toi-même et tu réussis. Tu vas de l'avant.

«Bien sûr, sauf quand je tourne en rond pour essayer de t'échapper», pensai-je en regardant la porte avec envie.

Il dut remarquer mon expression.

— Je t'en prie, n'essaie pas de t'enfuir, dit-il. Tu dois rester avec moi. Tu es la seule personne qui puisse me sauver.

— Te sauver de quoi?

— Du désespoir. De moi-même.

— Quel désespoir?

— J'ai échoué, répondit-il.

— Ça arrive à tout le monde, dis-je.

— Pas à toi.

— Mais oui. J'ai échoué à un examen d'histoire, dis-je.

— Tu vois ce que je veux dire? Tu n'as jamais rien raté d'important.

— Et toi, si?

Il fallait que je continue à le faire parler pour me donner le temps d'élaborer un plan. Qu'est-ce que Marius ferait?

— J'ai échoué en chimie.

En *chimie*? Je le regardai, incrédule. Ce garçon s'était mis dans tous ses états et m'avait kidnappée parce qu'il avait échoué en *chimie*? C'était complètement absurde. En fait, c'était tellement stupide que ça me rendit furieuse.

— Tu as échoué en chimie. Comme c'est dommage! Je parie que le quart des élèves de ta classe ont échoué aussi.

— Tu ne comprends pas.

Au moins, il savait maintenant que je n'étais pas parfaite. Peut-être me laisserait-il partir et trouverait-il quelqu'un de plus compatissant.

— Écoute, beaucoup d'élèves échouent en sciences. Ça ne signifie pas qu'ils sont des ratés ni que leur vie est gâchée.

— Oui, c'est exactement ce que ça veut dire.

— Pourquoi? demandai-je. Reprends ton cours, alors.

— Je ne peux pas.

Je le regardai avec plus d'attention. Il semblait avoir environ mon âge; peut-être un peu plus.

— À quelle école vas-tu? demandai-je.

— Au cégep, répondit-il.

— Ça explique tout, dis-je. Le cégep de cette ville est reconnu pour avoir le cours de chimie le plus difficile de tous. Tu n'as qu'à changer de domaine, lui suggérai-je.

— C'est impossible, dit-il.

— Pourquoi? demandai-je.

Je n'arrivais pas à croire qu'il faisait toute une histoire rien que pour ça.

— Il faut que je sois admis à la faculté de médecine; mais je ne le serai jamais avec un F en chimie.

— Alors fais autre chose.

Je commençais à perdre patience.

— Il n'y a rien d'autre que je puisse faire, dit-il d'une voix tendue.

— Tu veux dire que c'est la seule profession qui t'intéresse ? demandai-je en essayant de comprendre.

— Non. C'est ce qu'on attend de moi.

— Tes parents veulent que tu deviennes médecin ?

— *Veulent* n'est pas tout à fait le terme exact. Depuis que je suis tout petit, c'est tout ce dont ils parlent.

— Ils s'en remettront, dis-je. Ils seront peut-être déçus durant quelque temps, mais lorsqu'ils te verront heureux dans un autre domaine, ils oublieront.

— Non, dit-il avec conviction.

— Tu es leur fils. Ils t'aiment sûrement.

— Ils aiment leur fils, le futur médecin, celui dont ils seront fiers.

Il parlait avec tant d'amertume que je le dévisageai.

— Alors oublie ce qu'ils attendent de toi, dis-je doucement. C'est à toi de décider ce que tu veux faire de ta vie.

— Je suis un raté.

— Tu n'as échoué qu'en une matière. Ça ne fait pas de toi un raté.

— Chaque fois qu'ils poseront les yeux sur moi, ils verront ce que je ne suis pas. Il n'y a qu'une solution.

— Laquelle?

— Toi.

C'est ce que je craignais d'entendre.

— Si je peux te prouver que je vaux quelque chose, alors j'aurai la preuve que je ne suis pas un raté.

— Tu veux que je rencontre tes parents? demandai-je prudemment.

— Oui, répondit-il.

Je poussai un soupir de soulagement. Une fois sortie de cette maison, je verrais mes chances de pouvoir appeler au secours ou de m'enfuir augmenter considérablement.

— D'accord, dis-je.

— Mais pas tout de suite, dit-il en me regardant d'un air très sérieux.

Il dut percevoir ma déception.

— Je dois d'abord te prouver à quel point je t'aime. Je dois te montrer que jamais je ne te ferais de mal et te convaincre que je suis digne d'une personne comme toi.

— Si tu veux me prouver que tu m'aimes, tu peux commencer par me laisser partir, dis-je. Si tu veux que je te fasse confiance, tu dois me laisser passer du temps avec toi sans contrainte.

Ses yeux semblèrent s'assombrir.

— Ça ne marcherait pas. J'ai tenté de t'attirer vers moi, mais tu n'es pas venue. Pas sans lui.

— C'était une erreur, expliquai-je. Marius n'était pas censé me suivre. Je ne lui avais parlé de rien.

— Mais il me guettait... Je sais que tu ne me fais pas confiance. Je t'ai envoyé des roses et des notes, mais tu ne m'as pas cru.

Bon, que devais-je dire, maintenant? Tout se bousculait dans ma tête. Qu'est-ce qui pourrait le persuader de me laisser partir?

— J'étais troublée, avouai-je.

— C'est lui que tu voulais, pas moi.

Marius.

— C'est un ami très proche.

— C'est plus qu'un ami.

Ma colère éclata de nouveau. Depuis combien de temps m'espionnait-il?

— Écoute, Marius et moi avons partagé beaucoup de choses. Nous nous comprenons.

— Et maintenant, tu as besoin de temps pour me comprendre.

«Ça prendrait beaucoup de temps», pensai-je.

— J'aurai besoin de temps pour apprendre à te connaître, parvins-je finalement à prononcer.

— Oui, approuva-t-il. C'est la raison pour laquelle tu dois partir avec moi. Il faut que nous soyons seuls. Tous les deux.

Chapitre 24

— C'est impossible, dis-je fermement en espérant qu'il ne percevait pas ma peur.

— Ne dis pas ça.

Sa voix devint très douce, presque mielleuse.

— Je ne peux pas partir avec toi. On remarquera mon absence. On partira à ma recherche.

— On ne nous retrouvera jamais. Je connais un endroit charmant qui sera parfait pour nous, dit-il calmement.

— C'est impossible, répétai-je. Écoute, c'est la soirée de remise des diplômes ce soir. Je dois être présente à la répétition cet après-midi. Il faut que j'y aille. Sinon, on se lancera à ma recherche.

— Tu veux parler de Marius. Ton père n'est pas à la maison.

— Marius demandera de l'aide.

J'espérais que je ne me trompais pas.

— Laisse-moi aller à cette soirée, dis-je.

— J'ai bien peur que ce soit impossible. Tu pourrais ne pas revenir. Je ne peux supporter d'envisager cette possibilité.

— Je reviendrai, promis-je en m'efforçant d'être convaincante. Laisse-moi y aller.

— J'implorerai ton pardon en t'offrant des roses, des poèmes et en faisant de longues promenades au lever du soleil. Je te rendrai heureuse.

— Je veux partir tout de suite.

Je savais que j'agissais comme une petite fille de cinq ans, mais je ne pouvais m'en empêcher. Soudain, c'en fut trop. J'étais fatiguée, effrayée et furieuse. Il fallait que je rentre chez moi.

— Ça ne marchera pas, dis-je.

Je criais maintenant.

— On me retrouvera et tu auras de graves ennuis. Libère-moi avant que quelqu'un d'autre soit au courant de cette histoire.

— Tu ne comprends vraiment pas.

— Non, je ne comprends pas et je ne veux pas être ici et je ne suis pas parfaite et je veux rentrer chez moi.

— J'aimerais te laisser partir, mais je ne peux pas.

— Bon. Très bien. Je sors d'ici.

Je me levai et me dirigeai vers la porte. Peut-être, peut-être y avait-il une chance que je puisse sortir avant qu'il réagisse.

— Camille, tu ne peux pas.

— Je suis navrée, mais je dois partir. Tout ça a assez duré.

J'atteignis la porte et tripotais la chaîne lorsqu'il m'empoigna. Il ne tenait pas mes poignets assez fort pour me faire mal, mais je ne réussis pas à me dégager.

— Je veux partir, suppliai-je. Je veux voir mon père et je veux assister à la remise des diplômes.

J'étais en larmes.

— Viens avec moi, dit-il.

Il me lâcha les poignets, mais me saisit le bras avec force. Il me guida vers l'escalier qui menait au premier étage. Une fois en haut, il ouvrit la première porte à droite. Je promenai un regard étonné autour de moi.

C'était une chambre de garçon. Il y avait un lit, des étagères remplies de livres et un petit bureau sur lequel était posée une photographie.

C'était lui. Ses cheveux étaient plus longs et il souriait, mais aucun doute, c'était bien lui.

La photo avait été prise lors de la remise des diplômes.

— Tu as fréquenté la même école que moi? demandai-je, surprise.

Il avait lâché mon bras, mais il se tenait toujours très près.

— Tu ne te souviens pas de moi, n'est-ce pas? demanda-t-il.

— Non, admis-je.

— J'ai terminé mes études secondaires l'an dernier, dit-il.

Il y avait deux autres photographies sur le

bureau. Sur l'une d'elles, vêtu d'une toge, il avait passé son bras autour des épaules d'une dame âgée qui lui souriait, le visage levé vers lui.

— Qui est-ce ? demandai-je.

— Ma grand-mère, répondit-il en s'emparant de la photo et en la fixant avec une vive attention.

— Elle a l'air fière de toi.

— Elle l'était.

— Tu n'as donc rien à lui prouver ?

Son expression s'adoucit.

— Elle est morte il y a six mois.

Ça expliquait tout.

— Elle habitait cette maison ? demandai-je.

— Oui, répondit-il. Je venais souvent ici. Mes plus beaux souvenirs d'enfance sont ici.

— Elle doit te manquer beaucoup, dis-je.

— Elle m'aimait.

Je saisis l'autre photographie. Cette fois, il était entouré d'un homme et d'une femme.

— Ce sont tes parents ? demandai-je.

Cette fois, il m'arracha la photo des mains. Je crus qu'il allait la déchirer, mais il ouvrit un tiroir et y jeta la photo avant de le refermer d'un geste brusque.

— Oui.

— Ils ont l'air heureux.

— Tu sais ce qu'ils m'ont dit ? «Comme nous aurions été fiers de toi si tu avais été le premier de ta classe.» J'étais deuxième, mais ce n'était pas suffisant pour eux.

— Mais c'est ridicule !

Une feuille de papier se trouvait aussi sur le bureau. C'était son plus récent relevé de notes.

Je le parcourus rapidement. Français : A. Histoire : A. Mathématiques : A. Anglais : A. Chimie : F.

— Quatre A ! m'exclamai-je.

— Un F, dit-il d'un ton neutre.

— Tu ne peux pas reprendre ce cours ?

— Ce ne serait pas acceptable à leurs yeux. Depuis que je suis tout petit, mes parents déclarent à qui veut bien l'entendre que je serai le premier médecin dans la famille. Ils racontent à tout le monde qu'ils ont fait des sacrifices et économisé durant toute leur vie pour envoyer leur fils à la faculté de médecine. Ils comptent sur moi.

— Eh bien ! maintenant, ils peuvent utiliser cet argent pour faire un beau voyage.

— Ce n'est pas une blague, dit-il avec brusquerie. Ils ont passé dix-neuf ans à bâtir ce rêve et voilà que je vais tout détruire.

— Écoute, dis-je. Ce sera beaucoup plus pénible pour tes parents si tu t'attires des ennuis à cause de moi.

— Tu ne me causeras pas d'ennuis, répliqua-t-il.

« Tu crois ça ? pensai-je. Si je réussis à sortir d'ici, la police te mettra la main au collet en moins de deux. » Toutefois, il valait mieux ne pas lui dire ça.

De nouveau, je jetai un coup d'œil sur son relevé de notes. Marc-André Pratte.

Je me rappelais vaguement ce nom. Je l'avais peut-être entendu à l'interphone ou lu dans le journal étudiant.

— Tu te souviens de moi, maintenant ? demanda-t-il, toujours très près de moi.

— Je me rappelle avoir entendu ton nom. Je ne participe pas beaucoup aux activités parascolaires, m'empressai-je d'ajouter.

— Je sais.

Il sourit.

— C'est ce qui te rend différente. Tu n'es pas écervelée comme ces meneuses de claques ou ces filles qui passent leur temps à se brosser les cheveux et à traîner au centre commercial.

Il avait raison sur ce point.

— Où m'as-tu remarquée ? demandai-je en espérant une réponse franche.

— J'ai dû retourner à la polyvalente pour aller chercher une copie de mon dernier bulletin. Je t'ai croisée dans le corridor et, bien qu'il y eût des dizaines de personnes aux alentours, on aurait dit que tu te détachais de la foule.

C'était probablement dû au fait qu'à part Marius, je ne comptais pas beaucoup d'amis à l'école. Alors j'étais seule. L'explication était plutôt simple.

— Je me souviens de t'avoir remarquée l'année dernière, mais je ne t'avais jamais vraiment vue avant ce jour-là. Tu m'as regardé et j'ai eu l'impression que tu pouvais voir le fond de mon âme.

Bizarre. Il croyait que j'avais vu son âme alors que je ne me rappelais même pas l'avoir croisé.

— J'ai admiré la beauté de tes yeux et l'éclat rosé de ta peau.

J'étais probablement furieuse contre Marius ou bien je réfléchissais à un problème de physique.

— Comment as-tu découvert qui j'étais ?

— J'ai trouvé ta photo dans l'annuaire de l'école.

Bien sûr. J'aurais dû y penser.

— Comment as-tu trouvé la combinaison de mon casier ?

— Je me suis tenu tout près de toi un jour. En fait, je t'ai vue très souvent à l'école avant d'oser entrer en contact avec toi.

— Puis tu m'as suivie ?

— Il le fallait, Camille. J'avais besoin d'être près de toi. Je devais trouver un moyen de te faire comprendre à quel point tu comptes à mes yeux.

— Marc-André, commençai-je.

— J'espère que tu me pardonneras le geste que je dois maintenant poser, dit-il.

Je me retournai brusquement pour le regarder.

Il tenait un bout de corde dans sa main.

Chapitre 25

— Non, suppliai-je. Ne fais pas ça.

— Je suis désolé, Camille, dit-il en avançant vers moi tandis que je me rapprochais tout doucement de la porte.

— Tu ne peux pas me faire ça si tu prétends m'aimer, dis-je avec désespoir.

— Je le fais parce que je t'aime, déclara-t-il. Ce n'est que pour quelques instants; ça me permettra d'aller acheter ce dont nous aurons besoin avant de partir.

— Je t'attendrai, promis-je, mais il ne me crut pas.

Je risquai le tout pour le tout et me précipitai vers la porte.

Il me rattrapa avant que j'aie pu la franchir. Il me jeta sur le lit et lia mes poignets à l'une des colonnes du lit pendant que je me débattais, criais et donnais des coups de pied. Je lui rendis la tâche difficile, mais il parvint à faire de même avec mes chevilles. Durant tout ce temps, je hurlai, menaçai, suppliai. Finalement, harassée, je me calmai.

— Je ferai aussi vite que possible, promit-il. Je t'en prie, ne me déteste pas. Je dois m'assurer que tu restes ici jusqu'à notre départ. Je me ferai pardonner mon geste, je te le jure. Je le fais seulement parce que je t'aime et que j'ai besoin de toi.

Je lui lançai un regard furieux, haletante.

Au moins, il ne m'avait pas bâillonnée. Dès qu'il serait parti, je crierais jusqu'à ce qu'on m'entende. Il y avait des maisons à proximité. Quelqu'un finirait bien par rentrer à la maison, éteindre le téléviseur ou sortir les ordures.

J'entendis ses pas dans l'escalier et compris ensuite pourquoi il ne m'avait pas bâillonnée. Il alluma le téléviseur dans le salon et monta le volume au maximum.

J'attendis quelques minutes afin d'être assurée qu'il était parti. Je me mis alors à hurler. J'avais déjà entendu quelque part que plus de gens réagissent à un appel au feu qu'à un appel à l'aide. Je criai donc au feu. Puis, je criai que j'étais retenue contre mon gré et demandai qu'on appelle la police. Je hurlai jusqu'à ce que ma voix fût rauque et que ma gorge me fît mal.

Mais je n'entendais toujours que la télévision.

Je m'attaquai ensuite aux cordes qui me retenaient prisonnière. Je remuai les mains et les pieds durant plusieurs minutes, mais les liens étaient si solides que je ne parvins qu'à me couper la chair.

Je criai de frayeur, de frustration, de colère et de douleur.

C'était un cauchemar. Mes poignets et mes chevilles élançaient et brûlaient. Je m'efforçai d'élaborer un autre plan.

Mais j'étais terriblement fatiguée.

Fatiguée et terrifiée.

Je ne savais pas quelle heure il était, mais j'avais certainement manqué la répétition de la remise des diplômes.

Je songeai à mon père et à Marius. C'était la seule façon de ne pas perdre espoir. Après tout, en ne me voyant pas à la répétition, Marius se douterait qu'il se passait quelque chose.

Mais que pourrait-il faire? Pouvait-il alerter la police? S'il se rendait chez moi, il constaterait que la porte de devant n'était pas verrouillée, ce qui était inhabituel. Mais était-ce suffisant pour que la police se lance à ma recherche?

En me rappelant notre mésaventure au poste de police, j'étais loin d'en être convaincue.

J'essayai de penser à ce qui pourrait mener Marius jusqu'à cette maison. Qu'avais-je laissé comme indice? Rien.

Je m'en voulus de n'avoir rien fait pour que Marius ait des soupçons.

Je me dis que, si je mourais et que l'on portait mon histoire à l'écran, ça ne donnerait pas un très bon scénario.

Si je mourais. C'était étrange. Je n'avais pas

encore songé à cette éventualité.

Il pouvait très bien me tuer. De toute évidence, il était déprimé, furieux et désespéré.

Et obsédé par moi.

Il fallait que je trouve une idée avant son retour.

Le convaincre de me détacher, puis sauter par la fenêtre?

L'assommer avec l'un de ses trophées?

Le maîtriser et le ligoter à mon tour?

Soudain, la télévision se tut.

Puis j'entendis ses pas dans l'escalier.

Il me regarda d'un air triste. Je ne devais pas être jolie à voir.

— J'ai tenté de faire vite, dit-il en s'approchant de moi. Je ne savais pas ce que tu aimais manger et j'ignorais la taille des vêtements qu'il te fallait. Alors j'ai dû en acheter plus que prévu. Je ne voulais pas que tu manques de quoi que ce soit.

— Il faut que j'aille à la salle de bains.

Je voulais qu'il me détache et, en toute sincérité, j'avais besoin d'aller aux toilettes.

— Je suis navré, murmura-t-il sans faire le moindre geste pour me libérer.

— Si tu veux que j'arrive à te faire confiance, tu dois avoir la décence de me laisser aller à la salle de bains, dis-je avec sang-froid. Sinon, je ne croirai jamais que tu m'aimes.

— Tu n'essaieras pas de te sauver?

— Non.

En fait, je n'étais pas certaine de pouvoir

m'enfuir. Il fallait que je mette mes jambes à l'épreuve. Mes chevilles me faisaient atrocement mal et il avait dû remarquer le sang sur mes pieds et mes mains ainsi que l'enrouement de ma voix.

Il n'avait aucune raison de me croire, mais qu'allait-il faire?

J'éprouvai presque de la reconnaissance lorsqu'il me détacha. Presque.

Je m'assis sur le bord du lit, étourdie. Malgré tout, j'avais le sentiment que tout était possible maintenant que j'étais libérée de mes liens. Peut-être y avait-il une fenêtre dans la salle de bains.

Il n'y en avait pas. Il m'accompagna jusqu'à la salle de bains et refusa de me laisser fermer la porte.

Au moins, comme il l'avait promis, il ne me regarda pas. J'ouvris le robinet et utilisai une serviette pour nettoyer tant bien que mal le sang sur mes poignets et sur mes chevilles. Lorsque je tirai la chasse, je profitai du bruit pour ouvrir l'armoire. J'aurais pu y trouver un rasoir ou n'importe quoi qui aurait pu me servir d'arme.

Il n'y avait qu'un flacon à demi plein de comprimés antiacides. Je ne voyais pas ce que j'aurais pu en faire.

Il fallait maintenant que je sorte.

Je franchis la porte en espérant qu'il ne serait plus là et que je pourrais descendre l'escalier.

Il m'attendait.

— Il faut que nous partions.

Ça ne me plaisait pas du tout. Si nous partions, ce serait encore plus difficile pour Marius ou la police de me retrouver. En revanche, je pourrais peut-être lui échapper lorsque nous sortirions ou encore sauter de la voiture à un feu rouge.

— Est-ce qu'on peut en discuter une minute? demandai-je.

Il parut surpris, mais accepta. Il m'escorta jusqu'à la chambre.

Je me laissai tomber sur une chaise tandis qu'il faisait les cent pas devant moi.

— Assieds-toi un moment, suggérai-je.

Il s'assit au pied du lit, près de moi.

— Explique-moi encore pourquoi nous devons partir, dis-je en scrutant son visage.

— Je ne peux plus rester ici. Je ne pourrai pas supporter d'être là lorsque mes parents verront mes notes et constateront que je suis un raté.

Il était tout à fait sérieux. Il n'arrivait pas à cacher la douleur qu'il ressentait à cette perspective.

— Pourquoi ne pars-tu pas seul? demandai-je. Tu pourrais en profiter pour réfléchir à ce que tu veux faire.

— Non! s'écria-t-il en se penchant vers moi et en me saisissant les poignets.

Il me lâcha quand je tressaillis au contact de ses mains sur ma peau meurtrie.

— Je ne peux pas le faire seul.

— Bien sûr que tu le peux. C'est lorsqu'on est

seul qu'on prend les meilleures décisions.

— Non! répéta-t-il. Je ne peux pas. J'ai *besoin* de toi à mes côtés.

— Je ne t'apporterai aucune réponse, dis-je d'une voix rauque. C'est en toi que tu en trouveras.

Il prit sa tête entre ses mains.

— Tu ne comprends pas.

— Alors explique-moi, dis-je.

Et c'est ce qu'il fit.

Il me raconta que son frère aîné, Justin, était mort d'un cancer des os à l'âge de sept ans. D'après ce que Marc-André avait entendu toute sa vie, Justin était brillant, savait lire à l'âge de trois ans et étonnait ses médecins quand il avait cinq, six ou sept ans en leur posant toutes sortes de questions d'ordre médical et en semblant comprendre les réponses qu'on lui donnait. Tous les médecins qui l'avaient soigné avaient assisté à ses funérailles, convaincus que, s'il avait vécu, il aurait été des leurs.

La mort de Justin avait presque tué sa mère.

Marc-André était né le jour du deuxième anniversaire de la mort de Justin. Sa mère avait interprété cela comme un signe qu'il était destiné à remplacer Justin. Chaque année, à l'anniversaire de Marc-André, ils allaient au cimetière.

Mais il ne s'était jamais montré à la hauteur. En constatant qu'il était incapable de lire à trois ans, sa mère lui avait fait subir des tests. Elle n'avait pas été satisfaite qu'on lui dise que Marc-André se développait normalement et qu'il lirait dans quelques années, lorsqu'il y serait prêt. Elle avait engagé un professeur pour lui donner des leçons particulières.

Quand il avait commencé à fréquenter la prématernelle et qu'il avait préféré jouer avec les autres enfants plutôt que d'apprendre les formes et les couleurs, elle l'avait puni.

Plus tard, au moment d'entrer à l'école primaire, il n'était pas parvenu à se faire admettre au programme enrichi. Sa mère s'était rendue à l'école et avait exigé qu'on l'y admette de toute façon. Après avoir été menacées de poursuite judiciaire, les autorités de l'école avaient cédé.

Marc-André était intelligent, réussissait bien en classe et était un bon athlète. Mais ce n'était pas suffisant. Il n'était pas le premier de sa classe. Justin, lui, l'aurait été. Marc-André n'était pas doué pour les mathématiques et les sciences. Justin, lui, l'était.

Au bout d'un certain temps, sa mère n'eut même plus besoin de lui parler de Justin. Il savait ce à quoi elle pensait quand il lui présentait un bulletin sur lequel figuraient huit A et un B, bien qu'elle fît mine d'être contente.

Elle ne l'était pas. Elle n'avait pas besoin de le lui dire. Il le voyait dans ses yeux.

Son père tentait de l'aider, mais lui aussi avait été grandement affecté par la mort de son fils aîné. Il travaillait beaucoup, voyageait souvent pour affaires et buvait trop de whisky quand il était à la maison.

Tandis qu'il parlait, Marc-André semblait absent, replongé dans une enfance durant laquelle il avait tenté de se surpasser sur la piste d'athlétisme ou dans les salles de classe.

Enfin, il se tut.

Et je souffris pour ce garçon qui ne pourrait jamais gagner.

Chapitre 26

Je rompis finalement le silence.

— Ce n'est pas ta faute.

— Bien sûr que c'est ma faute, dit-il sur un ton misérable.

— Tu n'es pas responsable du fait que ta mère t'ait utilisé pour remplacer l'enfant qu'elle a perdu plutôt que de t'aimer pour ce que tu es.

— Comment pourrait-elle aimer un raté ? demanda-t-il.

J'aurais voulu discuter davantage avec lui, mais je compris qu'il y avait une vie entière de souffrance derrière cette question et que c'était impossible pour lui de tout effacer d'un seul coup.

— La plupart des parents seraient ravis d'avoir un fils comme toi, dis-je.

Il ne me crut pas.

— Nous ferions mieux de partir. Il est tard.

J'ignorais combien de temps nous avions parlé, mais la lumière qui filtrait à travers le rideau était maintenant plus douce, plus oblique.

Je savais que je ne pouvais pas partir avec lui.

Et je crois qu'il le savait aussi.

— Il faut que je parte.

— Non, protesta-t-il, mais il y avait plus de tristesse que de détermination dans sa voix.

— Il faut que je parte, répétai-je en me levant.

— Ne pars pas, dit-il.

— Il le faut, dis-je. Je dois rentrer avant qu'on me cherche. De cette façon, je pourrai revenir.

Je pense que j'étais sincère.

Je me dirigeai vers la porte sans regarder derrière moi. Si je continuais à avancer calmement et normalement, peut-être me laisserait-il partir.

— Camille.

Je finis par me retourner. Il retira sa main d'un des tiroirs du bureau. Il s'était emparé d'un petit pistolet noir.

Je plongeai mon regard dans le sien.

— Non, dis-je doucement. Non.

Puis je pivotai et continuai à marcher. Au plus profond de moi, j'étais convaincue qu'il ne tirerait pas. C'est ce qui me permit de descendre l'escalier, de traverser le salon et la salle à manger, de me retrouver dans la cuisine et de franchir la porte par laquelle j'étais entrée il y avait de cela des heures. Je ne courus pas; je ne prêtai pas non plus l'oreille pour savoir s'il me suivait. Je sortis, tout simplement.

Lorsque je sentis l'air frais sur ma peau et la

pelouse drue sous mes pieds nus, je me mis à trembler.

Il fallait que je m'éloigne. Je n'étais pas certaine de ce que je désirais le plus fuir.

Était-ce mon ravisseur ou la peur d'entendre un bruit que je redoutais?

Je me mis à courir.

Je traversai la cour arrière, puis une autre et encore une autre et me retrouvai dans la rue, à un pâté de maisons de chez moi. Je poursuivis ma course, sachant que j'approchais du but.

Quand je tournai le coin de ma rue, hors d'haleine et vaguement consciente de la douleur dans mes chevilles, j'entendis quelqu'un crier.

— Amadeus, trouve Camille. Trouve-la, Amadeus!

C'est alors que je me mis à pleurer. Et, de fait, Amadeus courut vers moi à toute allure. J'ignore si c'était par hasard ou s'il avait réellement senti ma présence, mais il était là. Je m'agenouillai sur le trottoir tandis qu'il aboyait joyeusement.

Puis Marius accourut. Il avait les cheveux ébouriffés et ses lunettes étaient légèrement de travers. Jamais je ne l'avais trouvé aussi beau.

— Bon chien, Amadeus! dit-il en nous rejoignant. Tu as trouvé Camille.

Marius se mit à genoux devant moi sur le trottoir. Amadeus léchait les larmes qui coulaient sur mon visage.

— C'était lui? demanda Marius.

J'acquiesçai.

— Est-ce que ça va? T'a-t-il fait du mal?

Sans prononcer un mot, je lui montrai mes poignets maculés de sang séché.

— Est-il toujours aux alentours? Il ne faut pas que tu restes là, dit-il en m'aidant à me relever.

J'étais tout à fait d'accord.

— En ne te voyant pas à la répétition, je me suis inquiété, expliqua Marius pendant que nous marchions. Je me suis rendu chez toi; ta voiture était là, mais pas toi. Puis, j'ai remarqué que la porte de devant n'était pas bien fermée. En constatant qu'elle n'était pas verrouillée, je me suis fais beaucoup de souci. J'ai fait le tour de la maison, mais je n'ai rien trouvé d'anormal. Alors je me suis lancé à ta recherche.

— Tu n'as pas vu le cœur? demandai-je.

— Qu'est-ce qui est arrivé à ta voix? demanda Marius.

Je me contentai de secouer la tête.

— Il y avait un autre cœur? Où?

— Sur le miroir de la salle de bains, répondis-je.

— Il s'est introduit chez toi?

Je fis un signe affirmatif.

— Ma voiture est à quelques pâtés de maisons d'ici. Nous allons directement au poste de police. J'ai parlé à un policier tout à l'heure; il m'a dit qu'on ne pouvait pas te considérer comme disparue, mais maintenant, tout est différent. J'ai tenté de joindre ton père en Californie, mais il était déjà en route pour l'aéroport. Je suis convaincu qu'il voudrait que tu te rendes au poste de police immédiatement.

Je m'immobilisai si brusquement qu'Amadeus me heurta. D'une part, Marius avait raison. Il fallait partir d'ici. Aller au poste de police. En finir avec cette histoire une fois pour toutes.

D'autre part, je savais que je ne pourrais jamais vivre avec l'horrible souvenir de ce qui allait se passer.

Et j'étais persuadée qu'il le ferait.

— Je suis désolée, Marius. Il faut que j'y retourne, dis-je en rebroussant chemin et en marchant d'un pas rapide.

— Quoi? rugit Marius. Tu retournes vers un fou qui est entré de force chez toi et t'a ligotée? Tu ne peux pas. Je ne te laisserai pas faire. C'est ridicule. Laisse la police se charger de lui.

— Il a un pistolet, dis-je pour toute explication.

— Formidable. Il a un pistolet. Tu retournes vers un cinglé armé qui va peut-être te tuer. Camille, tu ne peux pas faire ça.

Il me saisit le bras et je me dégageai d'une secousse.

— Camille, qu'est-ce qu'il t'a mis dans la tête? Qu'est-ce que ça veut dire?

Je ne pouvais pas lui reprocher de ne pas comprendre, mais je ne savais pas comment lui expliquer la situation. Je me mis à courir et traversai plusieurs cours de nouveau. Qui l'eût cru?

Amadeus et Marius me suivaient. Seul Amadeus s'amusait.

— Camille, je ne te laisserai pas faire. Ton père me tuerait si je te laissais y aller.

— Tu ne peux pas m'en empêcher, criai-je par-dessus mon épaule.

Je cessai de courir et marchai rapidement. Je n'étais pas très endurcie et tout se bousculait dans ma tête. Je n'avais pas beaucoup de temps.

Je jetai un coup d'œil vers Marius, qui avait l'air atterré.

— Il a un pistolet? hurla-t-il. Il a un pistolet et tu retournes là-dedans?

— Il ne tirera pas sur moi, dis-je en essayant de le rassurer, de *me* rassurer.

— Alors qu'est-ce qu'il veut en faire? demanda Marius d'une voix haletante.

— Il veut se suicider, répondis-je, assurée d'avoir raison.

— Camille, nous allons appeler la police. Il y a des gens qui ont reçu une formation spéciale pour faire face à ce genre de situation. Des travailleurs sociaux, des psychiatres. Laisse-les s'occuper de lui.

— Nous n'avons pas assez de temps, criai-je.

En fait, il était peut-être déjà trop tard.

— Et moi, qu'est-ce que je suis censé faire? demanda Marius. Rester planté là et prêter l'oreille au cas où j'entendrais des coups de feu? Camille, ce n'est pas une bonne idée. Pas bonne du tout.

— Je sais, admis-je.

Cependant, c'était la seule que j'avais. Je l'expliquai à Marius.

Je fis irruption dans la maison, Marius sur mes talons. Je montai l'escalier et m'efforçai de couvrir le bruit des pas de Marius qui traînait derrière moi.

J'avançai jusque dans l'embrasure de la porte. Il était couché sur le lit, le pistolet dans la main.

Il se redressa, stupéfait.

— Camille.

Je marchai vers lui, soudain moins certaine d'avoir eu une bonne intuition. Peut-être allait-il me tuer. Mais il fallait que je m'approche.

Il braqua son arme sur moi, mais ne dit rien.

— Tu ne me feras pas de mal, dis-je sans savoir lequel de nous deux j'essayais de convaincre.

Je fis un autre pas vers lui. Je n'étais plus qu'à environ trois pas du lit.

— Va-t'en, dit-il. C'est bien ce que tu voulais, non?

— Pas sans ça.

— Non, dit-il en détournant le regard vers la porte.

Amadeus bondit dans la pièce. À cet instant, je fis un mouvement brusque et m'emparai du pistolet.

S'il l'avait véritablement voulu, il aurait probablement eu le temps de tirer sur moi ou de se suicider, mais il ne le fit pas. Il n'avait pas détaché les yeux de la boule de poils qui était entrée en trombe dans la chambre et sautait maintenant autour de moi.

Lorsque je levai les yeux, Marius se trouvait dans l'embrasure de la porte. Je lui tendis le pistolet; il le prit et partit.

— C'est terminé, dis-je.

Il acquiesça.

— Ça ira, répétai-je à plusieurs reprises.

Je m'assis sur le bord du lit, car mes jambes ne pouvaient plus me soutenir.

— Ça ira.

Nous nous sommes mis à pleurer tous les deux tandis qu'Amadeus nous regardait l'un après l'autre sans comprendre.

Finalement, Amadeus avança vers Marc-André, posa ses pattes de devant sur sa poitrine et le fixa d'un air perplexe. Puis il lécha ses larmes.

Nous avons ensuite perdu la notion du temps. Puis des bruits provenant d'en bas nous ramenèrent dans le présent. Deux policiers surgirent bientôt dans la pièce; Marius les suivait. Il devait leur avoir raconté tout ce qu'il savait, car les policiers ne posèrent aucune question.

— Nous aurons besoin de ta déposition, me dit l'un d'eux.

Je fis un signe affirmatif alors que les larmes ruisselaient toujours sur ma figure.

— Mais ton copain affirme qu'il y a autre chose de plus urgent, dit l'autre agent.

Je le regardai sans comprendre.

— La remise des diplômes ?

J'avais complètement oublié.

— Nous nous reverrons tout à l'heure, dit-il.

Ils s'occupèrent ensuite du jeune homme assis sur le lit.

Je saisis Amadeus et me dirigeai vers la porte.

Marius et moi avons descendu l'escalier et, de nouveau, je quittai cette maison.

Cette fois, je savais que je n'y reviendrais jamais.

— Tu as été rapide.

J'avais besoin de rompre le silence.

— Ils étaient en train de donner une contravention à deux pâtés de maisons d'ici, expliqua Marius. Je leur ai dit tout ce que je savais.

— Je ne crois pas qu'il ait voulu me faire du mal, déclarai-je.

— Et je suis heureux qu'il ne l'ait pas fait.

Marius sourit et passa son bras autour de mes épaules tandis que nous retournions chez moi. Amadeus traînait derrière, la langue pendante ; je m'arrêtai pour le prendre dans mes bras.

— Je m'apprêtais à créer une diversion quand Amadeus m'a devancé, dit Marius.

— J'en suis sûre.

Je souris.

— Je savais que tu m'aiderais.

— Je ne voulais pas que tu croies qu'Amadeus avait tout fait seul.

— Pourquoi était-il avec toi, au fait ?

— Quand je me suis aperçu que tu avais disparu, je ne savais pas où chercher. J'étais en train de devenir fou. Alors je me suis rendu chez monsieur Pigeon et j'ai amené Amadeus avec moi en pensant qu'il pourrait peut-être m'indiquer où chercher.

— Monsieur Pigeon est-il au courant de ce qui s'est passé ? demandai-je, soudain inquiète.

Il ne fallait pas qu'il se fasse du souci.

— Non, répondit Marius. Tout ce qu'il sait, c'est que je lui ai emprunté son chien de façon plutôt précipitée.

La voiture de Marius était garée à deux pâtés de maisons de chez moi. Je n'avais jamais été aussi heureuse de voir Dinosaure. Ce cher Marius ! Il avait voulu continuer à jouer les espions en gardant ses distances.

— Quelle heure est-il ? demandai-je subitement.

Marius jeta un coup d'œil à sa montre.

— Dix-neuf heures vingt-six.

— Tu dois te dépêcher ! dis-je en le poussant vers la voiture.

— Qu'est-ce que tu veux dire ?

— Il faut que tu prononces le discours d'adieu.

— Je veux que tu viennes aussi.

— Marius, regarde-moi. Ce n'est pas exactement la tenue que j'avais l'intention de porter. Vasy. Dépêche-toi.

— Je n'irai pas sans toi.

— Très bien. Je t'accompagne, dis-je.

Je fus soulagée en apercevant son mortier et sa toge sur la banquette arrière.

— Dépêche-toi.

Par chance, il n'y avait plus de policiers qui donnaient de contraventions dans le quartier, car Marius commit quelques infractions en se rendant à l'école.

Lorsque nous sommes arrivés, le stationnement était rempli de voitures, mais il n'y avait plus personne à l'extérieur. Tout ce qui importait pour moi, c'était que Marius prononce son discours. Il ne méritait pas d'être privé de cet honneur par ma faute.

— Arrête-toi ici.

Je désignai le trottoir devant l'entrée principale. Marius stationna au bas de l'escalier.

— Cours, dis-je en voyant le préposé du stationnement, hébété, se diriger vers nous d'un pas lent. Je vais lui expliquer.

— Viens avec moi, supplia Marius.

— Non. Pas question que j'entre comme ça.

J'étais pieds nus et portais toujours mes boxers blancs et mon t-shirt maculé de terre et de taches de gazon.

— Viens au moins m'écouter à l'arrière de la salle.

Je n'avais pas le temps de discuter avec lui. De plus, je n'avais pas envie de faire face au préposé. Je pourrais peut-être repérer mon père dans la salle et m'asseoir avec lui.

Je ne pouvais pas laisser Amadeus dans la voiture, alors je le saisis en vitesse. J'apportai aussi la toge et le mortier. Marius et moi sommes entrés dans l'école en courant et nous sommes arrêtés, à bout de souffle, à l'entrée de la salle. Le portier resta bouche bée en nous voyant.

— Enfile ma toge, dit Marius en s'efforçant de reprendre son souffle.

— Non, dis-je en la lui passant par-dessus la tête et en lui tendant le mortier.

Les commissaires et autres dignitaires que je ne pus identifier prenaient place sur l'estrade. Les élèves, vêtus de leur toge et de leur mortier rouges, occupaient les vingt premières rangées alors que parents et amis avaient envahi le reste de la salle.

Le directeur était debout sur l'estrade, l'air plus sévère que d'habitude.

— C'est avec une grande fierté et beaucoup de satisfaction que je vous présente ces élèves qui ont tous obtenu leur diplôme d'études secondaires, commença-t-il.

Il y eut quelques acclamations provenant des premières rangées.

— Ce soir, le discours d'adieu devait être

prononcé par monsieur Marius Lavigne, l'élève de 5e secondaire qui a obtenu la plus haute moyenne générale. Néanmoins...

— Vas-y, dis-je à Marius en lui donnant une petite poussée.

Il devait s'avancer dans l'allée avant que le directeur lui nommât un remplaçant.

Il s'exécuta. Il n'y avait qu'un ennui.

Il me tenait fermement la main et refusait de la lâcher.

ELLE M'A SAUVÉ.
JE SAVAIS QU'ELLE ÉTAIT PARFAITE.
UN JOUR, JE SORTIRAI D'ICI.
UN JOUR, JE LA RETROUVERAI.
LA PROCHAINE FOIS...

Un mot sur l'auteure

Jane McFann est l'auteure de plusieurs livres pour les jeunes. Elle habite et travaille dans l'État du Delaware et enseigne l'anglais à l'école secondaire Glasgow.

En plus d'aimer écrire, enseigner et rire, elle adore sa famille, ses amis, les lapins, les fraises garnies de crème fouettée, le tennis et les fleurs.

Dans la même collection

ACHEVÉ D'IMPRIMER
EN OCTOBRE 1994
SUR LES PRESSES DE
PAYETTE & SIMMS INC.
À SAINT-LAMBERT (Québec)